8°Ye
9439

Le Libertinage au XVIIᵉ Siècle

UNE SECONDE RÉVISION

DES ŒUVRES DU

POÈTE THÉOPHILE DE VIAU

(corrigées, diminuées et augmentées)

publiée en 1633 par Esprit Aubert Chanoine d'Avignon

EXPOSÉE PAR

FRÉDÉRIC LACHÈVRE

Suivie de Pièces de Théophile qui ne sont ni dans l'édition
d'Esprit Aubert (1633) ni dans celle d'Alleaume (1855)

PARIS

LIBRAIRIE ANCIENNE HONORÉ CHAMPION, ÉDITEUR

5, Quai Malaquais, 5

1911

UNE SECONDE RÉVISION

DES ŒUVRES DU

POÈTE THÉOPHILE DE VIAU, 1633

8° Ye
9439

Du même Auteur, à la même Librairie

Voltaire mourant, enquête faite en 1778 sur les circonstances de sa dernière maladie, publiée sur le manuscrit inédit et annotée. Suivie de : Le Catéchisme des libertins du XVIIe siècle ; Les Quatrains du Déiste ou l'Anti-Bigot. — A propos d'une lettre inédite de l'abbé D'OLIVET : VOLTAIRE et DES BARREAUX ; quel est l'auteur du *Sonnet du Pénitent* ; PIERRE et PAUL DU MAY ; les poésies latines de DES BARREAUX, etc. In-8 de XXXIII-180 pages, tiré à 300 exemplaires numérotés.   7 fr. 50

Les Satires de Boileau commentées par lui-même et publiées avec des notes. Reproduction du commentaire inédit de Pierre LE VERRIER, avec les corrections autographes de DESPRÉAUX, 1 vol. gr. in-8 de XII-164 p.   10 fr.

Bibliographie des recueils collectifs de poésies publiés de 1597 à 1700, donnant : 1° La description et le contenu des recueils ; — 2° Les pièces de chaque auteur classées dans l'ordre alphabétique du premier vers, précédées d'une notice bio-bibliographique, etc. ; — 3° Une table générale des pièces anonymes ou signées d'initiales, titre et premier vers, avec l'indication des noms des auteurs pour celles qui ont pu leur être attribuées ; — 4° La reproduction des pièces qui n'ont pas été relevées par les derniers éditeurs des poètes figurant dans les recueils collectifs ; — 5° Une table des noms cités dans le texte et le premier vers des pièces des recueils collectifs, etc., etc. — Cet ouvrage, tiré à 350 exemplaires, dont 300 seulement sont mis dans le commerce, comprend 4 vol. in-4 de LV-2371 pages qui ne se vendent pas séparément.   40 fr.

  Prix Brunet de l'Académie des Inscriptions et Belles-Lettres.

Le livre d'amour du poète Estienne Durand pour Marie de Fourcy, marquise d'Effiat : **Méditations de E. D.** réimprimées sur l'unique exemplaire connu, s. l. n. d. (vers 1611), précédées de la vie du poète par Guillaume COLLETET et d'une notice par Frédéric LACHÈVRE. Frontispice à l'eau-forte par H. Manesse et titre gravé avec armoiries en couleur. In-8 de LVI-273 pages, tiré à 300 exemplaires numérotés.   12 fr.

Poètes et Goinfres du XVIIe siècle. — **La Chronique des Chapons et des Gélinottes du Mans** d'Étienne Martin de Pinchesne, publiée sur le manuscrit original de la Bibliothèque Nationale. Frontispice à l'eau-forte gravé par H. Manesse. In-8 de LXXI-264 pages, tiré à 300 exempl. numérotés.   12 fr.

Le Libertinage devant le Parlement de Paris. Le Procès du poète Théophile de Viau (11 juillet 1623 - 1er septembre 1625). Publication intégrale des pièces inédites des Archives nationales. 2 vol. grand in-8 de XLVI-592-448 pages et planches, tiré à 500 exemplaires numérotés   20 fr.

  Prix Saintour de l'Académie française, 1910.

Le Libertinage au XVIIe siècle.— Disciples et successeurs de Théophile de Viau. — La vie et les poésies libertines inédites de **Des Barreaux (1599-1673)** et **Saint-Pavin (1595-1670)**. Grand in-8 de XIV-541 p. et planches.   10 fr.

Le Libertinage au XVIIe Siècle

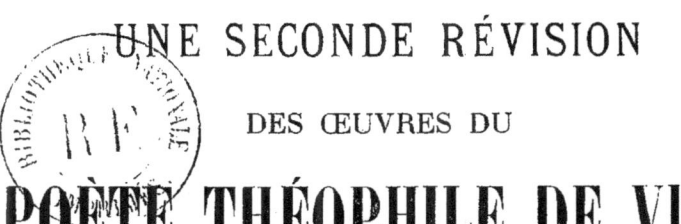

UNE SECONDE RÉVISION

DES ŒUVRES DU

POÈTE THÉOPHILE DE VIAU

(corrigées, diminuées et augmentées)

publiée en 1633 par Esprit Aubert, Chanoine d'Avignon

EXPOSÉE PAR

FRÉDÉRIC LACHÈVRE

Suivie de Pièces de Théophile qui ne sont ni dans l'édition
d'Esprit Aubert (1633) ni dans celle d'Alleaume (1855)

PARIS

LIBRAIRIE ANCIENNE HONORÉ CHAMPION, ÉDITEUR

5, Quai Malaquais, 5

—

1911

I

La critique littéraire n'existait pas au XVIIe siècle sous la forme où elle est pratiquée aujourd'hui, le public faisait son opinion sur la lecture des ouvrages eux-mêmes, il n'était influencé, au moins jusqu'en 1665, par personne. Les satiriques, avant Boileau, s'attaquaient aux mœurs et négligeaient presque leurs confrères en littérature (1). Les lettrés de marque, comme Chapelain, entretenaient leurs correspondants des nouveautés qui les avaient frappés, mais ils n'entendaient ni ne croyaient exercer un sacerdoce. En réalité, sauf dans leur entourage, leur autorité était nulle. Il a fallu le succès inattendu du *Cid* et les attaques passionnées des jaloux de Corneille pour amener Richelieu à provoquer au sujet de cette pièce le jugement de la jeune Académie française (2).

Les imprimeurs et les libraires étaient seuls en situation de discerner les livres qui jouissaient de la faveur populaire. Suivant que le stock de chaque ouvrage s'écoulait plus ou moins rapidement, ils appréciaient la nécessité des rééditions. Il serait donc facile par de simples relevés bibliographiques d'arrêter la liste des auteurs les plus lus, ou, si on aime mieux, les plus *célèbres* au XVIIe siècle, sans qu'aucune intervention étrangère ait éclairé ou faussé le sentiment de leurs lecteurs. Certaines constatations ne concorderaient guère avec nos appréciations actuelles.

(1) Nous ne pouvons guère citer que *La Satyre du Temps* de Nicolas Besançon, dédiée à Théophile, qui a paru en 1622 à la suite des satires de *L'Espadon satyrique* de Desternod ; en 1623 à la suite de la *Satyre ménippée contre les femmes* de Courval-Sonnet, puis en 1624, 1633, 1680 dans divers ouvrages ; la *Satyre de la Pauvreté des poètes* de Boissières, composée vers 1625 qui a paru pour la première fois dans le *Nouveau recueil de diverses poésies* de Du Pelletier, 1654 ; la *Satyre des poètes* dans les *Exercices de ce temps*, 1626, attribués à tort à Courval-Sonnet.

(2) *Les sentiments de l'Académie françoise sur la tragi-comédie du Cid. Paris, Jean Camusat, 1638.* In-8.

Prenons, comme exemple, Malherbe et Théophile de Viau.

Si on en croit Boileau, dont la manière de voir a été acceptée par le XVIIIe et le XIXe siècle, Malherbe aurait dominé la poésie française dans la période qui s'étend de 1600 à 1665.

On sait que les pièces de Malherbe ont été seulement réunies deux ans après sa mort, en 1630, par son neveu Fr. d'Arbaud de Porchères. Elles avaient paru, pour la presque totalité, dans les recueils collectifs publiés de 1597 à 1630. De 1597 à 1608 ces pièces sont noyées dans ces florilèges ; de 1609 à 1618 elles viennent dans les recueils de Toussaint du Bray après les poésies de Du Perron et de Bertaut ; en 1620, elles prennent la place de celles de Bertaut et en 1626 supplantent celles de Du Perron, l'ascension a été lente. Il serait téméraire d'affirmer que les vers de Malherbe furent la cause déterminante du succès du *Nouveau recueil des plus beaux vers de ce temps*, des *Délices de la poésie françoise*, du *Recueil des plus beaux vers* de préférence à ceux des autres auteurs qui y figurent en leur compagnie. Il en sera tout autrement après 1630, les grandes anthologies de Toussaint du Bray ayant cessé, simple coïncidence, de paraître cette même année qui voit imprimer les *Œuvres de Malherbe*.

Précisons tout d'abord que le rôle de réformateur de la poésie française attaché au nom de Malherbe n'a eu aucune influence sur la vogue de ses œuvres. La clientèle des libraires se souciait fort peu d'analyser les vers qu'on lui présentait, elle en goûtait seulement le charme. Parallèlement à Malherbe d'autres poètes avaient abandonné Ronsard, et cela par ce phénomène de réaction qui annonce la fin des grandes époques littéraires. La plupart des rimeurs du commencement du XVIIe siècle sont plus ou moins malherbiens sans le savoir (1). Il est vrai, et ce sera là l'éternel honneur de Malherbe, que son opposition à Ronsard était raisonnée, systématique, alors que chez ses confrères elle avait été instinctive (2). Ce mérite lui fut reconnu assez tard, le jour où il eut des

___

(1) C'est le cas de Des Yveteaux et de bien d'autres *minores*. Il n'y a vraiment de 1600 à 1630 qu'un seul poète qui se rattache à l'école de Ronsard, c'est Claude Garnier, voir la notice que nous lui avons consacrée dans le t. II du *Procès de Théophile*, p. 133.

(2) Il faut lire sur le rôle de réformateur de Malherbe l'admirable travail de

disciples qui se sont appelés Maynard (vers 1607) et Racan, car Colomby et Touvant ne comptent guère. Cette attitude nouvelle, tout en échappant, nous le répétons, au grand public lui a suscité un rival dont les œuvres ont été imprimées par fractions à partir de 1619 et groupées en 1621, 1623 et 1625.

Nous disons rival, et le mot est exact. Si Malherbe a déclaré dans sa lettre à Racan du 4 novembre 1623 qu'il tenait Théophile, qui venait d'être écroué à la Conciergerie (le 29 septembre précédent), « coupable de rien » sinon « que de n'avoir rien fait qui vaille au métier dont il se mêloit », le poète de Boussères lui avait répliqué par avance :

> Imite qui voudra les merveilles d'autruy.
> Malherbe a très bien fait, mais il a fait pour luy ;
> Mille petits volleurs l'escorchent tout en vie,
> Quant à moy ces larcins ne me font point d'envie ;
> J'approuve que chascun escrive à sa façon :
> J'ayme sa renommée, et non pas sa leçon.
> Ces esprits mendiants, d'une veine infertile,
> Prennent à tous propos ou sa rime ou son style,
> Et de tant d'ornemens qu'on trouve en luy si beaux
> Joignent l'or et la soye à de vilains lambeaux,
> Pour paroistre aujourd'huy d'aussi mauvaise grâce
> Que parut autresfois la corneille d'Horace... (1)

Et Théophile a triomphé de Malherbe pendant leur vie à tous deux et après leur mort. Les générations qui se sont succédées de 1621 à 1700 ont préféré la grâce et le laisser-aller de Théophile à la belle tenue de Malherbe. Le tableau suivant se passe de tout commentaire :

M. Ferdinand Brunot : *La doctrine de Malherbe, d'après son commentaire sur Desportes*. Paris, 1891.

Nulle part le contraste n'est plus marqué que dans les deux éditions : celle de 1596 de *Sophonisbe* ou la *Carthaginoise*, tragédie de Montchrestien, et celle de 1601. En 1596, Montchrestien est un disciple de Ronsard et de Du Bartas, en 1601, il est presque libéré de leur influence sans le secours de Malherbe.

(1) Élégie à une dame : *Si vostre doux accueil n'eust consolé ma peine* (Œuvres de Théophile, 1621).

Théophile a encore parlé de Malherbe dans son ode à Hardy (1622) : *Coustumier de courre une plaine* et dans l'élégie : *Souverain qui régis l'influence des vers* (IIe p., 1623) ; il a fait appel à sa générosité, sans succès d'ailleurs, dans sa *Prière aux poètes de ce temps* (mars 1624).

	MALHERBE		THÉOPHILE	
1626			1re éd. collective des III p. : Paris. Billaine. — Sur l'imprimé de Paris. — Rouen. Jean de la Mare.	3
1627			Paris et Lyon, 1627. — Rouen. J. de la Mare.	2
1628			Rouen. J. de la Mare. — Grenoble. P. Marniolles.	2
1629			Rouen. J. de la Mare. — Paris, jouxte la copie imprimée à Rouen.	2
1630	Paris. Ch. Chappelain (1e éd.)	1	Rouen. Guil. de la Haye ; Pierre de La Motte. — Lyon. Jean Michou.	3
1631	id. Seconde édition.	1	Paris. Jouxte la copie imprimée à Rouen.	1
1632			Rouen. J. de la Mare, éd. Scudéry ; Pierre de La Motte ; Louys Costé. — Lyon. Bailly ; Gay.	5
1633			Paris. — Rouen. J. de la Mare. — Avignon. Bramereau, éd. d'Esprit Aubert.	3
1635	IIIe. éd. Paris. Jean Promé; Est. Habert. - Troyes. Jacques Baldus.	3		
1636			Rouen. David Ferrand ; Louys du Castel ; J. de Manneville ; Louys et Daniel Loudet ; Jacques Hollant; Jean Berthelin.	6
1638	Paris. Ant. de Sommaville.	1	Rouen. Martin de la Motte; Cailloué. — Lyon. Claude Rigaud.	3
1640			Rouen. Malassis; David Ferrand ; Louys du Mesnil. — Lyon. Didier.	4
1641	Paris. Hénault.	1	Lyon. Rigaud ; Nic. Gay.	2
1642	Paris. Ant. de Sommaville.	1	Rouen. David Ferrand. — Lyon. Huguetan.	2
1643			Rouen. Thomas Daré.	1

	MALHERBE		THÉOPHILE	
1644			Rouen.	1
1645			Lyon. Huguetan ; Bailly ; Vaifray; Cl. La Rivière.	4
1647	Paris. Math. Hénault. — Troyes. Nic. Oudot.	2		
1648			Rouen. A Ferrand.	1
1650			Rouen. Berthelin.	1
1651			Rouen. Cailloué. — Lyon. Cl. La Rivière ; G. Chaunod.	3
1655			Paris.	1
1656			Paris. J.-B. Loyson ; Vve Edme Pépingué; Ant. de Sommaville. — Rouen.	4
1658			Lyon. Ph. Borde; Guillaume Chaunod ; Cl. La Rivière.	3
1659	Paris. Cl. Barbin ; G. de Luyne.	2		
1660	Paris. Sommaville.	1	Paris. Sommaville.	1
1661			Paris. Sommaville. — Nic. Pépingué. — Rouen. Vve Daniel Loudet ; J. Berthelin ; Clément Malassis; Louys Bebourt.	6
1662			Paris. Nic. Pépingué.	1
1664			Rouen.	1
1666	Paris.Th. Joily (éd. Ménage).	1		
1668			Lyon. Ant. Cellier ; Beaujollin ; Pierre Bailly.	3
1672			Paris. Nic. Pépingué.	1
1676			Lyon. Ant. Cellier.	1
1677			Lyon. Ant. Cellier.	1
1689	Paris. Cl. Barbin (sec. éd. Ménage).	1		
1696			Lyon. Viret.	1
1698	Paris. Brunet.	1		
		16		73

(1) Nous avons relevé la liste des éditions des Œuvres et des Poésies de Malherbe dans l'excellente édition de Ludovic Lalanne.

Résumons le tableau ci-dessus :

De 1626 à 1700, Malherbe a obtenu seize éditions : 14 à Paris, 2 à Troyes (livres de colportage)..

Dans la même période, Théophile a eu soixante-treize éditions : 15 à Paris, 33 à Rouen qui, au point de vue de centre littéraire, était un satellite de Paris, 23 à Lyon, la seconde ville de France, 1 à Avignon, 1 à Grenoble.

Soit au total une différence de 57 éditions (1) en faveur de Théophile.

Si nous cherchons à déterminer l'influence de Boileau qui, à partir de 1666, a accablé Théophile, et a, en 1674, exhalté Malherbe, nous voyons :

de 1666 à 1674 : une édition de Malherbe donnée à Paris par Ménage ;

id.   : une édition parisienne et trois éditions lyonnaises de Théophile ;

de 1675 à 1700 : deux éditions parisiennes de Malherbe ;

id.   : trois éditions lyonnaises de Théophile.

Si les lettrés — et rien n'est moins certain — avaient souscrit au jugement de Boileau, la masse des amateurs de poésie n'a attaché aucune importance aux arrêts du Législateur du Parnasse. Le succès de Théophile s'est épuisé naturellement, le temps seul a fait son œuvre.

II

Parmi ces amateurs, contemporains de Malherbe et de Théophile, il en est un qui ne s'est pas contenté d'une admiration platonique, il a voulu faire partager son enthousiasme en se vouant à la tâche ingrate de dépouiller les œuvres des poètes de la seconde moitié du XVIe siècle et du commencement du XVIIe. Son gigantesque travail — il a demandé plusieurs années et a coûté une somme considérable — fut publié à Lyon en 1613 sous la forme d'un énorme in-quarto de 4 ff. prél. (2), 1215 p. chiff. et 13 ff.

---

(1) En admettant même que les libraires aient fait tirer à Rouen, par exemple, une édition qu'ils se seraient partagée, y faisant mettre des titres à leur nom, hypothèse que nous n'avons pas été à même de vérifier, cette manière de procéder attesterait la vogue de Théophile et laisserait supposer un tirage considérable de cette édition collective équivalant en fait à plusieurs éditions.

(2) Les ff. prél. renferment des vers adressés à Esprit Aubert par Paul-Ant. d'Agart, escuyer de Cavaillon, Ant. de Leutre, doc. med., Cl. Mestral, Le Protonot-Pillet, Fr. Arduin, ambrunois, licencié ès-droits, Esp. Genet, cousin et filliol de l'autheur, Martin de l'Isle de Venice. Le privilège est daté de Paris 26 avril

non chiff., imprimé sur deux colonnes, en très petits caractères, avec un superbe frontipisce gravé donnant les portraits de Ronsard et de Du Bartas qui sert de titre : *Les* || *Marguerites* || *poétiques* || *Tirées des plus fameux* || *poëtes françois tant* || *anciens que modernes* || *Réduites en forme de lieux* || *communs et selon l'ordre alphabétique* || *nouvellement recueillies et mises en lumière par Esprit Aubert* (1) || *avec un indice très ample* || *de chaque matière.* || *A Lyon,* || *par Barthélemy Ancelin,* || *imprimeur ordinaire du Roy.* || *M.DC.XIII (1613)* ||.

Esprit Aubert avait lu avec soin non seulement Ronsard (2), Du Bartas, Robert Garnier, Baïf, Belleau, Du Monin, Desportes, Bertaut, de Gamon, Passerat, Rapin, etc., etc., mais encore tous les rimeurs grands et petits dont les poésies sont éparses dans les recueils collectifs publiés de 1597 à 1611 : Du Perron, Malherbe, Maynard, Motin, de Vermeil, de Focheran, d'Audiguier sieur de La Menor, de Lingendes, Montchrestien, d'Infrainville sieur de Touvant, La Roque, d'Uxattime, madame de Salètes, Montgaillard, Dagoneau, etc., etc.

On connaît peu de chose de sa vie ; on sait seulement que le huguenot Schelandre, gentilhomme verdunois, seigneur de Sousmazannes, qui devait publier en 1608, à peine âgé de 23 ans, sous le pseudonyme de Daniel d'Anchères, anagramme de son nom, sa fameuse *Tyr et Sidon* (3) (suivie de *mélanges poétiques*) se lia

---

1612 avec achevé d'imprimer du 21 novembre 1612. Les exemplaires invendus des *Marguerites poétiques* ont été remis en circulation avec un nouveau titre en 1637 : *Lyon, Pierre Drobet et Jean Huguetan.*

(1) Les dictionnaires biographiques sont muets ou inexacts sur Esprit Aubert, sauf la *Nouvelle biographie universelle* de Didot qui indique l'ouvrage suivant qu'Aubert aurait publié à Lyon cette même année 1613 : Amalthæum Græcæ Locutiones, sive Thesaurus Linguæ Latinæ, Græcæ et Galliciæ, post prima Gulielmi Morelli Initia auctus et emendatus, editore R. D. Spiritu Aubert, à Pontissorgia apud Assenion Canonico.

(2) Ronsard a plus de 700 citations dans les *Marguerites poétiques*, Du Bartas, Robert Garnier, de Gamon viennent ensuite ; Malherbe fait assez bonne figure avec une centaine de citations, suivi de près par Porchères (80) et de Du Monin, Maynard a 40 citations environ, un peu moins que Des Yveteaux (56).

(3) *Tyr et Sidon* || *Tragédie* || *ou* || *les funestes amours* || *de Belcar et Meliane.* || *Avec autres meslanges Poetiques* || *Par Daniel d'Anchères* || *Gentil-homme Verdunois.* || *A Paris* || *Chez Jean Micard, tenant sa* || *boutique au Palais, en la gallerie* || *allant à la Chancellerie.* || *1608.* || *Avec Privilège du Roy. Pet. in-12.*

avec Esprit Aubert et que celui-ci consacra à cet ouvrage un quatrain placé après l'argument de la pièce :

> *Ce meslangé livret est comme ce grand Monde,*
> *Pour les quatre Eléments il a quatre subjets :*
> *La guerre pour le Feu, pour la Terre la paix,*
> *La piété pour l'Air, et les amours pour l'Onde.*

Ce quatrain accompagne des stances de deux autres méridionaux : Paul-Antoine d'Agart (1), écuyer de Cavaillon, et Pierre Hodey (2). C'est donc dans la capitale du Comtat Venaissin, dans la ville des Papes, à la veille de son départ pour l'Angleterre (3) et sous l'œil de trois bons et fermes catholiques, dont l'un même, Esprit Aubert, était ecclésiastique, que Jean de Schelandre a composé sa belle tragédie. Leur amour commun des lettres a effacé pour un instant les divergences si profondes et si graves qui séparaient alors ces hommes sur le terrain de la foi. Cette attitude est tout à leur honneur.

De 1613 à 1631 on perd de vue Esprit Aubert. Nous le retrouvons en 1632 chanoine de l'église paroissiale et collégiale de Saint-Geniès d'Avignon, ce qui laisse supposer qu'il était issu d'une famille riche et considérée qui a fourni à cette antique cité nombre de notaires (4). Avec l'âge son penchant pour la poésie ne s'était pas affaibli, au contraire, peut-être s'était-il fixé de préférence sur certains auteurs, au premier rang desquels nous plaçons Théophile de Viau. Ce libertin dont les malheurs avaient eu un grand retentissement le séduisait par ses jolis vers et son humeur vaillante. S'il lui faisait grief d'être mauvais chrétien, il l'admirait comme

---

(1) Paul-Antoine d'Agart (1576-1631) a célébré en 1613, comme nous l'avons dit dans une note, les *Marguerites poétiques* d'Esprit Aubert. Gouverneur de Cavaillon, il y est mort de la peste en 1631.

(2) Hodey (Pierre) était un ami d'Isaac Du Ryer, le père du poète dramatique, de Vernaizon, de Guillaume Colletet, il vivait encore en 1631, car Louis Mauduit lui adressait une poésie dans : *Isabelle, Amours de L. M. P.* (Louis Mauduit, parisien). *Paris. Robert Sara. 1631.* Ce recueil de vers contient d'ailleurs un sonnet sig. Hodey.

(3) *Tyr et Sidon* est dédiée à Jacques Ier, roi d'Angleterre. Schelandre lui a également offert, en 1609, son second ouvrage : *Les trois premiers des sept tableaux de pènitence tirés de la Sainte Escripture*, et en 1611 les deux premiers de la *Stuartide* en l'honneur de la très illustre maison des Stuarts.

(4) Pierre Aubert, substitué à Durandi (1531-1537) ; Pierre Aubert (1615-1661) ; Pierre-François Aubert (1662-1697) ; Charles Aubert (1697-1730).

l'*Orphée* de son temps. Il aurait voulu que ses pièces, purifiées
de leur mauvaise odeur d'épicurisme, fussent dans toutes les mains.
Le projet de les amender a dû germer longuement dans son esprit
avant de prendre corps sous la forme d'une nouvelle édition des
Œuvres de Théophile, soigneusement corrigée, diminuée des
poésies par trop libertines, et augmentée de morceaux édifiants,
le tout par surcroît, devant être passé au crible des inquisiteurs de
Sa Sainteté. Esprit Aubert a certainement éprouvé quelque difficulté
à mener à bien cette tâche délicate, ce n'est qu'en 1631 qu'il l'a
achevée ; son travail a été imprimé l'année suivante. C'était là
un hommage éclatant rendu à Théophile, et qu'explique le tableau
des éditions des œuvres de ce poète au XVIIᵉ siècle.

III

Maintenant que nous connaissons dans les limites du possible
la personnalité d'Esprit Aubert, et le motif qui l'a amené à publier
une édition expurgée des œuvres de son poète favori, nous allons
présenter cette édition et exposer le plan qu'il a suivi, tant en ce
qui a trait à l'établissement du texte, au groupement des pièces,
qu'aux corrections, suppressions et additions. Nous donnerons
ensuite le texte des dites corrections, suppressions et additions.

Avouons-le, la tentative d'Esprit Aubert apparaît irréalisable,
le résultat n'en pouvait être que grotesque. Elle s'excuse mais ne
saurait se justifier. Elle est cependant intéressante au point de vue
de l'orthodoxie catholique parce qu'elle constitue une seconde révision — celle-là est encore plus méticuleuse que la première — des
Œuvres de Théophile venant après celle du procès de 1623-1625,
dont nous possédons aujourd'hui tous les éléments par le projet
d'interrogatoire de Mathieu Molé et par les procès-verbaux que
nous avons publiés en 1909 (1). Elle nous apporte également une
nouvelle contribution à la connaissance de l'état d'esprit des
adversaires du libertinage qui, au lendemain de la mort du poète,
admiraient son talent tout en condamnant ses idées.

Rendons ce témoignage à Esprit Aubert, le bon chanoine n'aurait

---

(1) *Le libertinage devant le Parlement de Paris : Le Procès du poète Théophile de Viau, Paris, Champion*, 2 vol. in-8.

pas fait brûler Théophile, il n'eût été ni au nombre de ses accusateurs, ni au nombre de ses juges. Il a évité tout mot acerbe à son égard et, au contraire, a reproduit, avec une réelle satisfaction, sa défense écrite dès 1621 par l'illustre Jean-Pierre Camus, évêque de Belley :

Eloge de Théophile

J'ay voulu, pour le contentement du Lecteur, faire suivre l'opinion que Monseigneur de Belley (Jean-Pierre Camus) a de nostre Autheur, comme il appert en sa première partie d'*Alexis* (1), livre troisième, p. 227, lorsqu'il fait parler Florimond à Meliton en ces termes. Mais que dites-vous de ce Poëte. Certes, respond Meliton, sans faire tort à ses ouvrages, on ne peut nier que ce ne soit un des gentils *Esprits* (2) de nostre temps, mais c'est grand dommage de ce que l'on dit qu'il est de la Synagogue des Libertins et une pierre de scandale. Voilà grand cas, reprit Florimond, de la médisance : Certes, comme il a beau se lever tard, dit le Proverbe, qui a réputation de se lever matin, ainsi depuis que la renommée d'une personne est descriée, toute l'eau de la mer ne la blanchiroit pas : Mais si l'accuser suffit, où sera l'innocence, et si la calomnie prévaut, où se mettra la vertu ? Le despit et l'envie de quelques personnes (qui luy estoient ennemies) ont esté ses plus grands crimes : La pluspart de ceux qui prennent son nom de la main gauche, et au rebours de ce qu'il sonne, ne sont ny de sa conversation, ny de sa connoissance. Ceux qui l'ont voulu diffamer jusques à ce degré d'impiété de mesconnoistre Dieu, sont contraints de le nommer par un nom qui leur clost la bouche, et qui le califie comme l'aymant. Cet empereur ancien qui avoit leu un manifeste qui luy avoit esté présenté, pour la défence de la Religion Chrestienne. je l'ay leu, dit-il, entendu et negligé ; Celuy qui le retiroit, luy repartit brusquement, Vous l'avez leu, mais non pas entendu ; car si vous l'eussiez entendu vous ne l'eussiez pas mesprisé : De mesme, tel lit ses escrits qui ne pénètre pas sa pensée, et qui le rebute par le défaut de sa propre insuffisance, au rebours de plusieurs que l'on admire, parce qu'on ne les entend pas. Je dis cecy parce que

---

(1) Le privilège de l'*Alexis* est du 10 décembre 1621. Quand Jean-Pierre Camus écrivait l'éloge de Théophile, il n'avait en mains que la première partie des *Œuvres de Théophile* parue en mai 1621. Le poète de Boussères n'a pas ignoré ce passage de l'*Alexis* et il connaissait les sentiments de l'évêque de Belley à son égard quand il le mettait en cause, s'adressant à Garassus, dans son *Theophilus in carcere* : « Et l'évêque de Belley, par quel artifice le réfuteras-tu, s'il « se fait le champion de mon innocence ? Lui reprocheras-tu d'avoir inséré dans « ses harangues quelques-uns de mes vers ? d'avoir répandu dans le monde chré- « tien, en en parant son style, quelques fleurs détachées de mes œuvres ? » Esprit Aubert a fait quelques suppressions au texte de l'évêque de Belley. Voir notre note sur *Jean-Pierre Camus, évêque de Belley, et Théophile de Viau*.

(2) Esprit Aubert a ajouté *Esprits*.

je le connois, et parce que je l'ai veu souvent, comme Socrate voyoit les gens à la parole, où je n'ay rien remarqué qui approchast de la mauvaise odeur que ses envieux ont respandue sur sa renommée : peut estre que les désastres de sa fortune ont amené ceux de son renom, et pour avoir senty la peine d'Ovide, on a creu par l'effect que la cause en estoit semblable. De moy je n'y ai remarqué que discrétion ; si un autre temps l'a veu desbauché ; je n'en sçay rien : Je ne l'auray donc veu que comme Antigonus, en pourfil. C'est une mauvaise façon du monde d'appeler aussi tost un homme du nom général d'une faute qu'il n'aura peut estre commise qu'une seule fois. Un homme n'est pas mesdisant pour avoir fait une mesdisance, ny gausseur pour une gausserie, ny libertin pour une parole de liberté ; Car un seul acte ne forme pas l'habitude qui seule peut donner ceste qualité ; Et puis qui ne sçait les changements de la dextre de Dieu ? et comme la grâce surabonde souvent où les coulpes ont abondé : il n'appartient qu'au Pharisien d'appeler encore Magdeleine pécheresse, lors qu'elle ne l'estoit plus : En fin c'est un enfant de l'Eglise, que la charité nous oblige d'aymer comme Chrestien et de deffendre comme frère. (1)

* *
*

L'édition (2) d'Esprit Aubert se distingue de toutes celles publiées au XVIIe siècle, elle est, en effet, la seule qui porte au titre le nom de famille de l'auteur : _de Viau_ ; toutes les autres n'indiquent que son prénom : _Théophile_ :

Oevvres || dv sieur || theophile || de viav, || divisées || en trois parties. || Reveuës, corrigées, augmentées, et mises en || un meilleur ordre que les précédentes || impressions : comme il se verra || ès Tables de chacune Partie. || dédiées a monsievr || de montagv. || en Avignon, || De l'Imprimerie de I. Bramereav, || Imprimeur de sa Saincteté de la Ville || et Vniversité. || M. DC. XXXIII (1633) || Avec permission, et privilèges. Pet. in-8.

(1) Edition des _Œuvres de Théophile_, d'Esprit Aubert, pp. 95 à 98 de la IIIe p.
(2) Cette édition est rarissime sans abuser de ce mot. Nous n'en connaissons, en dehors du nôtre, qu'un exemplaire à la Bibliothèque de Carpentras qui a été décrit inexactement par mademoiselle Pellechet ; _Notes sur les imprimés du Comtat Venaissin et de la principauté d'Orange..._ 1887, gr. in-8.
M. C.-F. Barjavel, dans son _Dictionnaire historique, biographique et bibliographique du département de Vaucluse_ désigne cette édition sous le titre de : _Théophile de Viau, vers françois corrigés_ et il l'attribue à Louis Aubert, chanoine de Saint-Didier d'Avignon. Il a confondu les deux écrivains et en a fait un seul.
On ne sait exactement à quelle époque Jacques II Bramereau commença à exercer, il mourut en 1658. Mademoiselle Pellechet cite dix ouvrages imprimés par lui qui se trouvent à la Bibliothèque de Carpentras.

80 p. chiff., 302 p. chiff., 99 p. chiff. (au verso de la p. 99, l'Approbation) 2 ff. n. chiff.

Jacques II Bramereau n'a pas eu à demander de privilège pour éditer le *Théophile* d'Esprit Aubert, il était couvert par deux privilèges antérieurs qui lui permettaient d'imprimer « toutes sortes de livres déjà imprimés et du depuis corrigés, embellis et augmentez d'annotations, etc. » Une autorisation aussi étendue ne pouvait exister que sur la terre privilégiée d'Avignon, aussi est-il intéressant de les reproduire :

Extrait du Privilège du Roy

Par grace et privilège du Roy il est permis à I. Bramereau, Imprimeur et Libraire de nostre Sainct Père en la ville d'Avignon d'imprimer, ou faire imprimer, vendre et distribuer toutes sortes de livres jà imprimez, du despuis corrigez, augmentez, et embellis d'annotations et toutes sortes d'autres copies nouvelles qu'il pourra recouvrer à l'avenir avec deffence à tous Imprimeurs, Libraires et autres de quelque estat ou condition qu'ils soient d'imprimer, ou faire imprimer lesdits livres, vendre, ny distribuer par tout le royaume de six ans finis et accomplis, à commencer du jour qu'ils auront esté achevé d'imprimer, sur peine à tous contrevenans, et autres qui se trouveront saisis desdits livres, de confiscation d'iceux et de tous despens dommages et interests envers ledit Bramereau, et que la copie des presentes estant mise au commencement, ou à la fin desdits livres, oste tout prétexte d'excuses, et soit tenuë pour deuëment signifiée et vérifiée sur peine de mille livre d'amande, moitié à Sa Majesté, et moitié audit Bramereau, et autre amande arbitraire. Donné à Paris le dix-septième de Janvier 1614. Et de nostre Regne le quatrième. Par le Roy en son Conseil, signé : de Verton.

Abrégé du Privilège de Monseigneur l'Illustrissime et Révérendissime Vicelat (sic) d'Avignon.

Par grace et privilège de Monseigneur l'Illustrissime, et Reverendissime Vicelat : Il est permis à I. Bramereau Imprimeur et Libraire de Sa Saincteté en ceste ville d'Avignon, d'imprimer ou faire imprimer, vendre et débiter tous livres corrigez, augmentez, embellis d'annotations et toutes sortes d'autres copies nouvelles. Defendant très expressement à tous Imprimeurs ou Libraires, et autres de quelque estat ou condition qu'ils soyent, d'imprimer ou faire imprimer, soit en ceste ville ou ailleurs lesdits livres, ny supposer le nom dudit Bramereau et impression de cète dite

ville, les vendre, debiter ny distribuer ès terres de ladite Legation, durant
le temps et espace de huict années ensuivantes et consecutives, à commencer du jour que lesdits livres auront esté parachevez d'imprimer : moins
aussi d'imprimer ou faire imprimer, aucuns autres livres en aucunes
autres villes hors cedit Estat, et y mettre ou faire mettre l'impression avoir
esté faicte en ceste dite ville, sur peine de confiscation desdits livres, et
d'estre de tous despens, dommages, et interests envers ledit Bramereau, et
d'estre punis comme faussaires, et autres peines arbitraires. Voulans
néantmoins que la coppie ou sommaire des présentes estant mise au
commencement ou à la fin desdits livres, oste tout pretexte d'excuse, et
soit tenuë pour deuëment signifiée et vérifiée, sur peine de mille livres
pour chacun contrevenant, applicable la moitié au Fisc de sadite Saincte-
teté, et l'autre moitié audit Bramereau, et autre amende arbitraire. Donné
en Avignon, au Palais Apostolique, ce sixiesme jour de Mars, l'an mil six
cens dix-sept.

L'épître dédicatoire est adressée à M. André de Montagu (1), fils
de Balthazar de Montagu et de Magdeleine de Doni (2). Après avoir
guerroyé longtemps à la suite du duc de Chaulnes, André de
Montagu s'était retiré dans sa ville natale, et quoiqu'ayant dépassé
largement la quarantaine il venait d'y épouser — en janvier 1631
— une jolie fille de seize ans, Anne de Galliens (3). Le 27 février
1637, il fut installé, au nom du Pape et par ses représentants,
viguier de la ville d'Avignon « en considération de son affection
au service de Sa Sainteté et de la noblesse de sa famille ». La
figure de Théophile de Viau, aussi bon soldat que bon poète, et
ses œuvres tant soit peu égrillardes, malgré les retouches d'Esprit
Aubert, ne pouvaient que plaire à ce méridional qui entendait se
comporter aussi vaillamment sous la bannière de Vénus· qu'il

---

(1) Le dossier Montagu (n° 45982, Bibl. nat., Pièces originales, n° 4003) contient un reçu signé André de Montagu, gentilhomme de la suite du duc de
Chaulnes, daté du dernier jour de décembre 1621 d'une somme de 200 livres
pour un voyage fait en diligence et chevaux de poste de Paris à Ham, Guyse,
Le Castellet et La Capelle pour affaires concernant le service de S. M. et pour
son retour en poste et diligence.

(2) Le contrat de mariage de Balthazar de Montagu et de Magdeleine de Doni
est du 4 août 1582. La mère de Magdeleine de Doni, Magdeleine de Siroque lui
avait donné 2000 écus d'or (Dossier Montagu, Carrés d'Hozier, n° 442, p. 305,
Bibl. nat.).

(3) Anne de Galliens était fille de Jean Vincens de Galliens, seigneur du Castellet, et de dame Isabeau de Guilhiens ; elle avait reçu en dot 8000 livres, le
contrat est du 7 janvier 1631 (Dossier Montagu, Carrés d'Hozier, 442. p. 305).

l'avait fait sous celle de Mars. En moins de quinze années, il eut douze enfants qui vivaient tous en octobre 1647 (1).

A Monsieur André de Montagu.

Monsieur,

La Pallas qui naquit du cerveau de Jupiter, toute armée, monstre comme la Vertu est tousjours accompagnée de la gloire ; Et de mesme que la Grenade naist avec sa couronne. Ainsi les hommes guerriers (vrais enfans de la Vertu) sont honorez par la trompette et clairon de la Renommée, n'y ayant au monde aucun mérite sans récompense. Vous donc, Monsieur, qui avez porté les armes sous les plus fameux Capitaines de l'Europe, et sous qui vous avez eu l'honneur des premières charges, et couru les hazards des premières poinctes, vous devez croire que le Ciel (qui ne se montre point ingrat à de tels bien-faicts) ayant reconnu les bons desseins que vous avez tousjours eu pour le service de l'Eglise, vous a récompensé de son assistance, en vous préservant au milieu des dangers ; Et comme un Chrestien Arion vous a ramené en vostre Patrie sain et sauf, où vos amis ont receu le contentement qu'ils désiroient de vous revoir, et qu'un chacun s'est dit assez heureux de vous avoir veu acquérir tant de lauriers, sous les auspices du plus valeureux de nos Roys, Mais parmy toutes ces loüanges, qui vous sont deuës, chacun loüe l'alliance de vostre Maison avec celle de Monsieur de Castellet, toutes deux des plus florissantes de ce Païs. Et de plus l'on honore en vous la mémoire de Monsieur Jean-Baptiste de Dony vostre Oncle, qui a eu l'honneur, en sa vie, de servir la Couronne de France l'espace de cinquante années, en qualité de Conseiller, et Maistre d'Hostel ordinaire de deux grands Roys (2). Ce n'est donc pas sans sujet, Monsieur, que parmy ces acclamations de vostre prospérité, vous ayez pour Trompette et Truchement de vos honneurs Théophile de Viau, l'un des meilleurs Esprits de l'Europe, que j'ose vous présenter, puisque par votre munificence, il revient au monde tout épuré des saillies et libertez de sa plume. Æson ne fut jamais tant obligé à sa Medée pour l'avoir rajeuny, comme cet Autheur vous est, luy ayant donné une seconde

(1) André de Montagu ne mourut que le 15 novembre 1663 dans un âge très avancé, il était l'aîné de ses trois frères : Pierre, Jean-Baptiste et Charles. Ses deux sœurs s'appelaient Jeanne et Catherine (Dossier Montagu).

(2) Extrait du testament du mardi 21 janvier 1614 de Jehan de Dony, seigneur de La Pallu, conseiller et maître d'hôtel ordinaire du Roy, citoyen de la ville d'Avignon, passé en l'Hôtel du comte de Soissons devant Noël Le Semelier et Jehan Le Camus, notaires et gardes-notes du Roy au Chastellet de Paris :
... Id. Je donne et lègue à André de Montagu mon nepveu, fils aîné desdits sieurs Baltazar de Montagu et sa femme (Magdeleine de Doni) le fonds de 400 escus qui lui seront deubs sur une maison qu'il a vendue en la dite ville d'Avignon où pend pour enseigne *l'Escu de Bourbon*, paroisse Nostre-Dame de la principale à ung nommé Jehan Meynier, joueur de violon.

vie, plus saine et plus saincte que sa première. Et puis que les Perses
avoient cette bonne coutume d'offrir aux Dieux les choses par eux inven-
tées, ou augmentées ; A leur imitation il se donne l'honneur de s'offrir à
vous, affin qu'il puisse plus librement trouver place dans l'esprit des
curieux. Recevez-le donc, Monsieur, comme une créature de vos bienfaicts,
et en sa compagnie son introducteur, qui en l'humilité de ses voeux, fera
toujours preuve de la qualité, Monsieur, de Vostre très humble, et très
fidèle serviteur. E. Aubert.

Dans sa préface *Aux Lecteurs* Esprit Aubert est catégorique,
il estime qu'il faut sauver ce qu'il y a de bon dans les œuvres d'un
écrivain libertin en corrigeant ou en supprimant même les parties
dangereuses pour la foi et les mœurs — et il déclare que les
chrétiens en usent ainsi — plutôt que de suivre la tradition des
Grecs qui, au dire de Platon, anéantissaient indistinctement tous
les livres d'un méchant auteur :

Aux Lecteurs,

Les Grecs, au rapport de Platon, abolissoient indifféremment tous les
Livres d'un meschant Autheur, sans avoir égard si son sujet estoit bon ou
mauvais : Mais les Chrestiens ne suivent pas ceste coutume. Car pourveu
que ce ne soit un Traicté qui choque nostre Foy, ils s'en servent, et
seulement en supprimant le nom, ou corrigent ce qu'il y a de mauvais.
Je donne cette raison, pour occasion des Œuvres du sieur Théophile de
Viau, lesquelles je vous présente corrigées et mises en un meilleur ordre
que les précédentes impressions. Car les ayant divisées en trois parties et
fait que les Odes, Elegies, Stances, et autres pièces commencent à l'honneur de nostre Roy, j'ai voulu encor' (pour la commodité de ceux qui ne
pourroient pas expliquer ses pensées) mettre sur chacune d'icelles un petit
Argument, que vous trouverez fort à propos. Au demeurant, j'ai fait
comme les Oyes du Capitole, qui firent autrefois l'office du Guet ; Ainsi
attendant un plus habile (mais non pas un plus zélé) je vous donne cette
nouvelle édition, laquelle je vous prie de ne point jetter à la censure des
ignorans : Mais au contraire, je vous exhorte de prendre garde à l'excellent
travail de nostre Poëte : Car sans offenser tant d'Orfées Chrestiens, qui
fleurissent par la France, nul ne le surpasse, soit en l'invention, où en la
disposition. De sorte que si l'Eloquence s'est autrefois assise sur les lèvres
de Périclès, la Poësie a choisi celles de Théophile pour son Temple sacré.

Esprit Aubert était convaincu de l'utilité, de la nécessité même
de « sauver » les *Œuvres de Théophile*, il l'a prouvé en agissant
comme il l'a fait — son caractère sacerdotal explique sa façon de

procéder — mais qu'il ait rencontré des thuriféraires parmi des confrères de Théophile, la chose serait plus extraordinaire. Si le loyal, le généreux Théophile n'avait pas eu dans sa vie une minute de défaillance, le jour où il a applaudi au supplice du malheureux Estienne Durand, roué en 1618, il eut dû éviter un tel affront. Mais il faut compter avec la justice immanente qui proportionne le châtiment à la faute. Il s'est manifesté dans la personne de Claude de Pérussiis (1), de D. D'Honoraty et de A. Golier. Peut-être les louanges des trois avignonnais seraient-elles apparues aux yeux du poète de Boussères moins pardonnables encore que celles de son misérable sonnet (2) au favori Luynes. N'est-il pas préférable pour un écrivain de subir le dernier supplice plutôt que de voir sa pensée mutilée, travestie, anéantie ! Avouons-le sans plus tarder, ce ne sont pas de vrais poètes qui ont célébré Esprit Aubert. Claude de Pérussiis seul avait quelques droits à ce titre. On a de lui des poésies chrétiennes qui paraissent perdues et dont il est question dans : *Polydore ou le printemps des amours du sieur Daix* (3), 1605 :

Au Sr de Claude Pérussiis

Nouveau Cygne d'Amour, ta Muse, qui souspire
L'immortelle grandeur de la divinité,
Retirant ton esprit hors de ta vanité,
Monstre que c'est au Ciel que ton desir aspire.

Tes vers, enfans du Ciel, tendent à cet Empire,
Attirez par le droict de leur affinité

(1) Le membre le plus célèbre de la famille de Pérussiis au point de vue littéraire, c'est Loys de Pérussiis qui a publié un *Discours sur les guerres de la Comté de Venayssin et de la Provence. Imprimé à Avignon, 1563, in-4, et réimprimé à Anvers, chez Christophe Plantin, 1564, in-8.*
Pour les autres poésies de notre Claude de Pérussiis, consulter la *Bibliographie des recueils collectifs*, T. IV, p. 167, mais il faut lui enlever : *Diverses œuvres du sieur de Pérussiis, dédiées à l'Altesse serenissime duc de Modene. M.DC.XLIX (1649). Par le Solien, avec permission*, in-4 de 3 ff. prél. et 36 p. dont l'épitre dédicatoire est signée B. de Pérussiis.
(2) Le sonnet de Théophile sur la mort d'Estienne Durand et des deux Sity avait paru dans le *Second livre des Délices de la poésie françoise*, 1620 : *C'est un supplice doux et que le Ciel avoue.*
(3) Lyon. Thibaud Ancelin, 1605, in-12. L'épitre dédic. est adressée à G. Du Vair. Il existe des exemplaires dont le titre seulement est différent : *Les prémices des œuvres du sieur Daix*.... 1605.

Et portent loin d'oubli devers l'Eternité
Ton nom, où la vertu par la grace respire.

Ce ne sont plus des vers pleins de cris et de pleurs,
Ce sont des vers semez de roses et de fleurs,
De roses de bon-heur, de fleurettes de grace,

Qui rendent un chacun de ta gloire envieux
Et qui de leur Zéphir éventillans l'audace
Estonnent ici-bas les esprits. et les yeux.

et plusieurs pièces dont trois avaient été recueillies vingt ans auparavant dans les *Marguerites poétiques* d'Esprit Aubert (1). Fils naturel d'un autre Claude, président de Chambre d'Aix et de Madeleine de Nostre-Dame, il avait embrassé comme le chanoine de Saint-Geniès, l'état ecclésiastique. Docteur en théologie, protonotaire apostolique, il fut prieur de Vitrolles, puis de Lauris, et mourut en 1647 à Aix (2). D. D'Honoraty était vraisemblablement de la famille Honorat ou d'Honoraty, originaire de Florence (3), et dont un des membres a été échevin de Lyon en 1647. A. Golier (4), rimeur d'occasion, avait dû se lier avec Esprit Aubert chez son parent, notaire à Avignon, car il appartenait lui-même à une famille de notaires. L'encens de Pérussiis, de d'Honoraty et de Golier est de qualité plutôt médiocre :

(1) P. 24 des *Marguerites poétiques* : Consolation aux dames religieuses de sainte Ursule touchant quelques vers d'assez mauvaise grâce qu'on avoit fait contre elles : *Ce sont les blasphèmes estranges* (8 st. de 6 v.) ; p. 265 : Consolation aux dames de Paul sur la mort de feu M. le Président, leur père : *Encor les mânes paternelles* (15 st. de 6 v.) ; p. 1128 : Sur la mort d'Aymar. Sonnet : *De l'humaine équité le cours est révolu.*

(2) Note de M. de Berluc-Pérussiis.

(3) Enquête faite le 1er avril 1666, Barthélémy I Honoraty avait obtenu ses lettres de naturalisation, libraire à Lyon en 1575 ; Barthélémy II fit le commerce d'or et d'argent et fut nommé en 1647 échevin de la ville de Lyon ; Barthélémy III conseiller à la maréchaussée et au siège présidial de Lyon. Enfin un Pierre Honorati a été notaire à Avignon de 1603 à 1653.

D'Honoraty a récidivé, il a adressé des stances à Nouguier pour les *Œuvres burlesques de Monsieur de Nouguier.... Orange, Edouard Raban, 1650,* un quatrain et deux sixains pour l'*Herculéïde burlesque de M. de Nouguier, autrement la relation véritable de toute la vie.... du grand Hercule le Thébain. Fidelement traduit du ciriaque Poème désabusif. Orange, Edouard Raban, 1653, in-8.*

(4) Esprit Gollier notaire à Cavaillon (1608-1655) ; autre Esprit Gollier également notaire à Cavaillon (1670-1677). — Philippe et Esprit Gollier, notaires à Avignon (1646-1700) ; Pierre, id. (1644) etc., etc.

Sur la correction du Théophile

Sonnet

Esprit incomparable entre les bons esprits
Vous parlez maintenant le langage d'un Ange,
Les chastes mouvements qu'Aubert vous a prescrits,
Comme vostre Vertu, passent toute loüange :

Il ne faut s'estonner que l'on treuvast estrange
L'injuste liberté de vos rares escrits,
Et qu'on vist à regret tant de perles de prix,
Qui pallissoient de honte en l'ordure et la fange :

Aubert a pris le soing, digne de sa vertu,
De purger le sentier que vous aviez battu,
Des objects perilleux, dont l'ame est offensée,

Pour vous faire exprimer au plus haut point d'amour,
La grace du discours, celle de la pensée,
Bien mieux que le Soleil ne confere le jour.

De Perussiis.

A Monsieur Aubert

Orphée visita Pluton
Pour ramener son Euridice,
Laquelle puis après (dit-on)
Retourna dans ce précipice :

Mais Aubert tire du tombeau
Théophile de telle sorte
Que sa plume se void si forte,
Qu'elle vit d'un Estre plus beau.

D. d'Honoraty.

Au mesme

Ce que Midas touchoit, devenoit or massif,
Aubert tu fais le même, en touchant Théophile :
Il estoit dangereux, tu le rends très utile,
D'impur il se void net, et de mort il est vif.

A. Golier.

Celui d'un anonyme — nous regrettons d'ignorer son nom —
n'a pas été à Esprit Aubert, il l'a réservé au Père inquisiteur

chargé de dépister les pensées ou les expressions libertines de Théophile qui auraient échappé au chanoine d'Avignon ; la tâche du bon Père était limitée, mais combien grande sa responsabilité !

Au révérendissime Père Inquisiteur
de la Saincte Foy, en la legation d'Avignon

Sonnet

Astre de piété, qui d'un soin nompareil
Combattez pour la Foy par escrit et en Chaize,
Et de qui la vertu brille comme un soleil,
Ne pouvant s'exprimer qu'avec un Parénese.

Voicy que Théophile ayant changé de Thése,
Et rompant les liens de son profond sommeil,
Se prosterne à vos pieds, désireux qu'il vous plaise
Le vouloir escorter d'un favorable accueil.

En cet Estre nouveau, certes on void sa Muse
Toute purifiée, ainsi que l'Arethuse
Après avoir traisné sous de terrestres lieux.

Promethée anima par le feu sa statuë,
L'Autruche éclost ses œufs y arrestant sa veuë,
Et ces vers prendront vie au seul clein de vos yeux.

En fait, l'éloge était immérité, l'inquisiteur général avait passé la main aux frères Maximilian Le Fevre et François Bézard, de l'ordre des Minimes, qui n'ont lu que très superficiellement les *Œuvres de Théophile*, corrigées par Esprit Aubert, malgré le texte affirmatif de leur *Approbation :*

« Nous Frères Maximilian Le Fevre, et François Bézard, religieux de l'Ordre des Frères Mineurs, et Docteurs en saincte Théologie en l'Université d'Avignon soubsignez, attestons avoir leu le present livre, intitulé *Œuvres du sieur Théophile de Viau, corrigées par Messire Esprit Aubert Chanoine de l'Eglise Parochialle, et Collégialle de Sainct Geniez dudit Avignon, et divisées en trois parties :* Edition certainement nouvelle, plus ample et plus saine que les précédentes, et où nous n'avons rien trouvé qui soit contre la saincte Foy Catholique, Apostolique et Romaine, ny contre les bonnes mœurs. Voire nous la jugeons très digne d'estre leuë et mise en lumière pour retirer les Curieux de la lecture des autres précédentes éditions, où il se voyoit beaucoup de saillies et efforts de l'esprit de l'Autheur trop libertin, et licentié en sa plume. La jeunesse doncques s'en pourra servir sans danger, voire avec utilité et honneste divertissement pour la politesse des vers, et comme perfection de l'Art Poétique, qu'y se voit dans les présens escrits : En foy de ce avons signé la présente audit Avignon ce 20 Février 1632.

Fr. Maximilian Le Fevre
Fr. François Bézard
Imprimatur P. D'Ambruc.
Inquisitor Generalis.
Lud. Suarez, Pro illustrissimo Domino Archiepiscopo.

Ces deux religieux ont fait confiance, les yeux fermés, à Esprit Aubert ; autrement comment expliquer qu'ils aient laissé passer des stances comme celles-ci :

> *J'ordonnerois que les Autels*
> *Que par tout l'Univers on dresse,*
> *Pour les Dieux, ou pour les mortels,*
> *Ne seroient que pour ma maistresse* (1).

et cette épigramme :

> *Ceste femme a fait comme Troye.*
> *De braves gens sans aucun fruict*
> *Furent dix ans à ceste proye,*
> *Un cheval n'y fut qu'une nuict* (2).

Nous pourrions multiplier les exemples.

Les frères Maximilian Le Fevre et François Bézard ne peuvent être taxés que de paresse ou de négligence, le vrai coupable c'est Esprit Aubert. Soyons-lui indulgent et plaidons les circonstances atténuantes. Il y avait tant à reprendre dans les poésies de Théophile pour en faire une œuvre sinon édifiante tout au moins sans caractère libertin qu'il eût fallu en effacer les trois quarts, et.... encore ! L'éditeur a succombé devant l'immensité de la tâche, son admiration pour le poète a fini par l'emporter sur ses scrupules de théologien, mais après combien de mutilations, on en jugera plus loin.

(1) Pour le ballet du Roy, pour Mgr le duc de Montmorency. IIIe p. de l'éd. d'Esprit Aubert, p. 51 (Le Déguisé). Il est possible qu'Esprit Aubert ne se soit pas cru le droit de modifier des vers de ballet c'est-à-dire des pièces historiques. Si cette raison est bonne, elle est tout à l'honneur de l'éditeur.
(2) Pour une femme qui fut trouvée avec un sien serviteur. IIIe p. de l'éd. d'Esprit Aubert, p. 74.

A) **Textes qu'a révisés Esprit Aubert**

Nous voici arrivé au travail proprement dit d'Esprit Aubert,
essayons tout d'abord de déterminer, les textes qu'il a revisés. Le
20 février 1632 son édition des *Œuvres de Théophile* était achevée,
l'*Approbation* le prouve. A cette époque les dites Œuvres avaient
eu au moins treize éditions (1) comprenant les trois parties, sans
compter les éditions originales et leurs réimpressions (2), se réfé-
rant à deux types : les éditions de Rouen-Paris (3) de beaucoup
les plus nombreuses et les moins complètes, et les éditions Grenoble-Lyon (4), sans suppressions, reproduisant plus fidèlement les
éditions originales et comprenant trois nouvelles pièces. L'édition
d'Esprit Aubert renfermant ces trois pièces, il est certain que si
notre chanoine avait dans sa bibliothèque soit l'édition de Grenoble
1628, soit celle de Lyon 1630 (5), il n'a pas toujours suivi le texte
de ces dernières. Il s'est reporté aux éditions originales de 1621
pour la Ire partie, de 1623 pour la IIe, à l'édition originale de la
IIIe partie 1624 ou 1625, ou peut-être même aux plaquettes publiées
pendant le procès de Théophile, enfin à des copies manuscrites
pour les trois pièces nouvelles. Cette façon sagace de procéder
était d'ailleurs celle qu'il avait adoptée dès 1613 pour les extraits
des poètes qui ont formé son recueil : *Les Marguerites françoises*.
Sur les 700 fragments de Ronsard qui y sont réimprimés, on trouve
le texte intégral de neuf odes et de douze sonnets et les citations
ont été faites d'après les éditions originales déjà extrèmement rares.
Ainsi pour le grand poète vendomois Esprit Aubert a reproduit à
leur place les strophes disparues de la deuxième édition et des

(1) Paris, 1626 ; jouxte la copie imprimée à Paris, 1626 ; Rouen, 1626 ; Paris
et Lyon, 1626 ; Rouen, 1627 ; Grenoble, 1628 ; Rouen, 1628, deux éditions ; Rouen,
1629 ; Jouxte la copie imprimée à Rouen, 1629 ; Rouen, 1630 ; Lyon, 1630 ;
Jouxte la copie imprimée à Rouen, 1631.

(2) Ire p. 1621 (deux éditions) ; 1622 (trois éditions) ; 1623 (une édition) ; IIe p.
1623 (deux éditions) ; IIIe p. 1625 (deux éditions) ; 1626 (une édition) sans compter une édition des deux parties, Paris, s. d.

(3) Rouen-Paris, 7 éditions.

(4) Grenoble-Lyon, 2 éditions.

(5) *Grenoble, chez Pierre Marniolles ; Lyon, par Jean Michon*. Nous aurons
la preuve qu'il s'est servi souvent de cette édition ou de celle de Lyon, 1630,
quand nous examinerons ses corrections.

variantes qu'on ne trouve que dans les éditions princeps (1). Cette simple constatation prouve qu'Esprit Aubert avait l'étoffe d'un éditeur en avance sur ses contemporains, malheureusement notre éloge s'arrête là.

B) Groupement des pièces

En dehors du *Traité de l'Immortalité de l'âme* (on verra ce qu'il en a fait) et de la tragédie de *Pyrame et Thisbé* qui forment la Ire partie, Esprit Aubert a classé les poésies de Théophile par genre ; la IIe partie réunit les odes, les apologies et autres proses et les élégies, soit 34 odes et élégies appartenant à la première partie des OEuvres (2), 10 à la deuxième partie 1623 et 11 à la troisième partie 1625, 3 à l'édition des OEuvres, Lyon 1630, 1 au *Parnasse satyrique* et 1 inédite. Les apologies et autres proses sont des fragments de la *Première journée* (seconde partie, 1623) sous des titres fantaisistes : *Lettre de Clitiphon à Théophile* (arrangée pour la circonstance par Esprit Aubert), *Réponse de Clitiphon à Théophile* et quelques passages du chapitre 1 de la dite *Première journée*, un extrait du *Theophilus in carcere* (troisième partie, 1625). De plus il y a cinq pièces étrangères à Théophile : *une lettre* en vers *d'Alexis à Théophile*, la *Réponse de Tircis* (Des Barreaux) à la *Plainte de Théophile prisonnier*, une petite pièce anonyme : *Il semble que la honte*, la *Satyre du temps* de Nicolas Besançon sous le titre : *Eloge de Besançon* (3), la *Solitude* de Saint-Amant. La IIIe partie groupe les stances, ballets,

---

(1) Communication de M. Paul Laumonier, maître de conférences à la Faculté des Lettres de Poitiers.

(2) Si on en croit Esprit Aubert, les odes La Solitude, Contre l'Hyver, Le Matin, la Satyre du Parnasse satyrique : *Que mes jours ont un mauvais sort*, auraient été composées après l'ordre d'exil du 14 juillet 1619 ; il les a placées avec d'autres pièces sous la rubrique : *Les odes qui suivent ont été faites du temps que l'autheur fut accusé.*

(3) Esprit Aubert a eu en mains un texte meilleur que celui de l'édition originale de cette pièce ou il a corrigé ce texte. Elle avait paru pour la première fois, non comme nous l'avons dit dans la note 2 page 109 du *Procès de Théophile*, dans la Satyre Ménipée contre les femmes... de Courval-Sonnet, 1623, mais dans l'*Espadon satyrique par le sieur Desternod, reveu et augmenté de nouveau. Lyon, Jean Lautret, M.DC.XXII*, in-12 de 5 ff. et 157 p. chiff., c'est la troisième édition de l'*Espadon satyrique*.

sonnets, épigrammes, la *lettre de Balzac contre Théophile,* la *Responce de Théophile à Balzac* et l'*Apparition de Théophile après sa mort à un sien amy,* soit 39 pièces de 1621, 8 pièces de 1623, une qu'il a dû prendre dans une plaquette de 1623 (1), vingt-trois extraits du *Traité de l'Immortalité de l'âme* sous des titres fantaisistes, 16 pièces nouvelles (sur lesquelles douze proviennent du *Parnasse satyrique,* et dont sept au moins n'appartiennent pas à Théophile), la *lettre de Balzac* et la *Réponse de Théophile,* l'*ode de Saint-Amant* des pièces liminaires de 1621 et l'*Apparition de Théophile à son amy* (cette dernière pièce est formée d'une partie de prose (2) due certainement à Esprit Aubert et de vers appartenant au *Traité de l'Immortalité de l'âme*). Enfin il cite un extrait de l'*Alexis* de Jean-Pierre Camus, évêque de Belley, sur Théophile (3).

En résumé Esprit Aubert a réimprimé :

1º Toutes les poésies de la 1ʳᵉ partie, 1621, à l'exception de 3 pièces : ode : *Un fier démon qui me menace* ; sonnet : *L'autre jour inspiré d'une divine flamme* ; stances : *Le plus aymable jour qu'ayt jamais vu le monde.* Il a supprimé toutes les pièces liminaires de 1621, sauf l'ode de Saint-Amant (soit l'ode de Boisrobert, le sonnet et l'ode de Des Barreaux), l'Epistre au Lecteur et le conte écrit en latin Larissa (4).

2º Toutes les poésies de la IIᵉ p., 1623, à l'exception de deux pièces : Sonnet : *Chère Isis, tes beautez ont troublé la nature* ; stances : *Maintenant que Cloris a juré de me plaire.*

Il n'a reproduit que des fragments des chap. I et II de la *Première journée* et supprimé les chap. III, IV et V, ainsi que l'épître *Au Lecteur* (5).

3º Toutes les poésies de la IIIᵉ p., 1625. Il a donné de courts passages du *Theophilus in carcere* et de l'*Apologie au Roy,* mais a supprimé entièrement l'*Apologie* de Théophile (contre Garassus) de 1624 (6).

(1) Sonnet acrostiche sur le nom de Louis XIII : *L'ange qui veille au bien de vostre nation* qui avait paru à la suite de la *Requeste de Théophile au Roy sur l'eslargissement des Prisonniers.* M.DC.XXV (1625), pièce qui passe avec raison pour apocryphe, voir Nº 44 de la bibliographie de Théophile (*Le Procès de Théophile,* t. II, p. 277).
(2) Nous en donnons en note le texte plus loin.
(3) Nous avons reproduit cet extrait, p. 14.
(4) Nous avons jugé inutile de reproduire ces pièces.
(5) Nous n'avons pas reproduit ces chapitres et les passages supprimés.
(6) Nous n'avons pas reproduit cette pièce et les passages supprimés du *Theophilus in carcere* et de l'*Apologie au Roy.*

Esprit Aubert a eu le soin, comme il le dit dans sa propre préface
« Aux Lecteurs », de mettre en tête de la plupart des pièces un
sommaire de leur contenu. Par exemple : L'ode (de Théophile à
Des Barreaux) : *Dis moy, Thyrsis, sans vanité* a pour titre : A un
grand seigneur. *Il le tance de couardise, de croupir proche de sa
dame, quand tout le monde alloit à la guerre* ; la fameuse ode
épicurienne : *Heureux tandis qu'il est vivant* a pour titre : *Quelle
est la vraye félicité,* mais le record est tenu par la *Satyre* obs-
cène du *Parnasse satyrique* : *Que mes jours ont un mauvais sort*
qui devient corrigée et amputée largement d'ailleurs : *Que le
Pêcheur n'est jamais assuré. Cette ode fut faite à son retour en
France, où il ne tarda pas d'estre appréhendé,* etc., etc.

C) Corrections

Le bon chanoine n'a pas connu les passages incriminés par le
procureur général Molé et qui ont fait l'objet des questions posées
par les commissaires du Parlement à Théophile, ces passages n'ont
donc pas autrement attiré son attention ; aussi allons-nous présenter les corrections d'Esprit Aubert (sauf pour le *Traité de l'immortalité de l'âme*) en suivant son propre plan. Il a pourchassé certains
mots typiques employés par Théophile dans un sens libertin, c'est-
à-dire contraire au sentiment religieux, et a remplacé ces mots par
d'autres insignifiants. Les passages modifiés de la sorte ont perdu
tout leur piquant, ils sont devenus inoffensifs et c'est là le but qu'il
voulait atteindre. Nous avons classé les dits mots dans l'ordre alphabétique et présenté les citations correspondantes en reproduisant le
texte des éditions originales de 1621 pour la Iʳᵉ p., de 1623 pour
la IIᵉ p., et de l'édition de Lyon, 1630 pour la IIIᵉ p. et les pièces
nouvelles.

Précisons à ce propos, que les interrogations des commissaires
du Parlement avaient porté :

1º Sur 9 passages du *Traité de l'Immortalité de l'âme*, prose et vers ;
sur 27 passages des poésies de la Iʳᵉ partie, 1621, soit 95 vers cités appartenant à 20 pièces (en réalité 102 vers visés). Sur ces 95 vers Théophile
en a avoué 8 seulement de 3 pièces.

Sur les 9 passages du *Traité de l'Immortalité de l'âme*, Esprit Aubert en a corrigé un (3 vers sur 6). Sur les 27 passages des poésies, il en a corrigé quatorze (53 v.) de 13 pièces ; il en a laissé tels quels onze (35 v.) de 8 pièces ; a supprimé un passage de 6 v. et une pièce entière dont 8 v. avaient été incriminés.

2° Sur 4 passages des poésies de la II⁰ p., 1623, soit 28 v. appartenant à 2 pièces.

Sur ces 4 passages, Esprit Aubert en a laissé tels quels trois (26 v. de la même pièce) et a supprimé le sonnet contenant 2 v. visés ; il a laissé également sans changement le passage avoué de la tragédie de *Pyrame et Thisbé.*

De plus, 3 passages incriminés du ch. II de la *Première journée*, avoués par Théophile n'ont pas été réimprimés par Esprit Aubert.

3° Sur 1 passage de 6 v. de la *Plainte de Théophile à un sien amy* (Des Barreaux) avoué, mais supprimé par Esprit Aubert.

4° Sur 3 passages du *Parnasse satyrique*, soit 11 v. de 2 pièces niées par Théophile et 1 pièce entière également niée.

Esprit Aubert a supprimé deux pièces dont la pièce entière et en a corrigé une (celle du *Parnasse satyrique*) de telle sorte qu'elle est devenue tout à fait étrangère à Théophile.

Résumons le travail d'Esprit Aubert en ce qui a trait aux passages incriminés dans le procès de Théophile :

A) Il a corrigé 15 passages de la I⁰⁰ p. des *Œuvres 1621* (dont un du *Traité de l'immortalité de l'âme*) et 1 du *Parnasse satyrique*, soit en tout 16 passages.

B) Il a laissé tels quels, c'est-à-dire sans y rien changer, 19 passages (dont huit du *Traité de l'immortalité de l'âme*) de la I⁰⁰ p., 1621 ; 3 de la II⁰ p., 1623 et le passage de la tragédie de *Pyrame et Thisbé*, en tout 23 passages.

C) Il a supprimé 1 passage et 1 pièce de la I⁰⁰ partie, 1621 ; 1 pièce entière des poésies et 3 passages du chap. II de la *Première journée* de la II⁰ partie, 1623 ; 1 passage de la *Plainte de Théophile à un sien amy*, en tout 7 passages ou pièces (1), sans compter celles du *Parnasse satyrique*.

Soit 23 passages corrigés ou supprimés et 23 reproduits sans modifications.

_____

(1) Deux autres pièces du *Parnasse satyrique* ont été mises en cause dans le procès de Théophile, mais nous ne nous en occupons pas, rien ne prouve qu'Esprit Aubert les ait connues.

Ajoutons qu'en dehors des questions posées par les commissaires du Parlement, le projet d'interrogatoire de Mathieu Molé (partie non autographe) mettait en cause dix autres passages de huit pièces (plusieurs étaient déjà incriminés) : 7 de la Ire p., 1621, et 3 d'une même pièce de la IIe p., 1623.

Esprit Aubert a corrigé 3 passages de deux pièces, laissé tels quels 2 passages ; les 2 autres passages se lisent dans deux pièces supprimées de la Ire p., 1621 ; il a corrigé 2 passages de la pièce de la IIe p., 1623 et laissé tel quel le troisième.

1° *Traité de l'Immortalité de l'âme*

Ce *Traité* a disparu complètement dans l'édition d'Esprit Aubert, il a été remplacé par un passage de la *Response de Tircis* (Des Barreaux) à la *Plainte de Théophile prisonnier* qui est suivi d'une démonstration de l'immortalité de l'âme par Esprit Aubert lui-même !

Pour purger entièrement cet Autheur de tous les effors de sa plume libertine, j'ay osté le traicté de l'Immortalité de l'Ame comme erronée et contre nostre croyance, veu mesme qu'un grand homme de Justice (Des Barreaux ! !) le taxe d'avoir entreprins cet inutile Labeur, disant :

« O que tu devrois estre maintenant memoratif et imitateur de ton Socrate, lors qu'il estoit en prison ! je l'appelle tien, veu qu'il y a quelque temps que pour le purger du crime d'Epicure, tu choisis le traicté de Platon, où la mort de Socrate est descrite, pour le traduire en nostre langue : Mais, comment traduire ! c'est plustost trahir le sens de Platon dont tu es plustost le traditeur que le traducteur, pour user des termes du poëte Du Bellay. Car ayant pris le beau discours de Socrate à traduire, tu le fais parler contre son gré d'un stile poëtique et extravagant, dont ce Philosophe n'eust pas user sans deschoir de sa docte gravité, et sans abatardir tant de belles considérations, dont il soulage ses amis déplorez de sa prochaine mort. Chose estrange ! que pour acquérir le tiltre de disert, tu l'acquiers celuy d'un infidèle Interprète, et que pour joüyr d'un bien imaginaire, tu ayes fait le mal si évident. Joinct que si nous n'avions que ceste seule authorité de Socrate pour preuve de l'immortalité de nos ames, tu aurois eu raison d'en entreprendre la version et la paraphrase. Mais tant s'en faut que ce Discours serve pour faire une telle preuve, que mesmes il est fondé sur diverses resveries et idolatries, lesquelles tu augmentes de beaucoup d'autres impies et absurdes, au grand préjudice du sens et jugement de Platon. Tu n'as donc guères avancé si tu pensois oster du monde l'ombrage qu'ils ont de ta mescreance, pour füir la vive poursuite d'une telle accusation ; Tu as cherché un pauvre asyle pour affermir ta foy ; Tu as recours à un Autheur Infidèle, au lieu de te servir de belles et sainctes raisons, dont la Théologie est armée pour triompher de l'impiété » (1).

Voilà de la façon qu'il parle de nostre Autheur : Mais pour le contentement du Lecteur, et pour le développer de cette opinion payenne, j'ay mis en place cette vérité chrestienne touchant l'Immortalité de nostre Ame :

Nous tenons avec Aristote que c'est la *perfection première d'un corps naturel organisé ayant vie par puissance.* Je l'explique ainsi : *l'âme est la perfection,* parce que c'est la forme qui donne l'estre au corps animé. *Première,* parce que la seconde perfection d'icelle (qui sont ses fonctions et opérations) dépendent de l'âme comme forme.

Du corps naturel organisé, parce qu'elle ne perfectionne pas tout corps, et moins l'artificiel que tout autre. *Ayant vie par puissance,* car elle n'est pas si tost au corps, qu'elle agit et opère suivant ses facultez et la croissance d'iceluy.

Le corps doncques le 40 ou 60e jour (pour le plus tard) après sa conception reçoit l'âme raisonnable qui est créée et infuse de Dieu en un instant. Touchant laquelle il faut remarquer quelques poincts.

Le premier est, qu'elle ne tient rien de la matière, ains estant un esprit infus dans l'âme d'en-haut, elle est indivisible et sans aucune extension.

Le 2, quoy qu'elle soit toute en tout le corps, et toute en chacune partie d'iceluy : Si est-ce que son principal siège est au cerveau, comme en la plus noble pièce de tout le corps.

Le 3, qu'elle a cela de commun avec les bestes de posséder la faculté végétative, sensitive et mouvente. Par les deux premiers elle a les cinq sens extérieurs, la veuë, l'ouye, l'odorat, le goust et l'attouchement : Et trois intérieurs, à sçavoir le sens commun, la fantaisie, et la mémoire. Le sens commun est celuy auquel les cinq extérieurs (que j'ay dit) se rapportent, et desquels il juge, les discernant les uns des autres.

La fantaisie comprend sous soy la méditation et la pensée ; et par elle l'Ame se représente non seulement toutes les choses qui tombent ès sens intérieurs, qui sont et peuvent estre : mais encores plusieurs autres imaginaires, comme sont les chimères, hydres, monstres, et autres chasteaux en Espagne.

La mémoire est comme gardienne des objects représentez. Par la faculté mouvente l'âme a ses inclinations vers un object qu'elle croit bon : soit qu'il le soit en effect, ou le semble estre. Les bestes y sont portées par les muscles de leurs corps : et nous par la raison. Et partant, elles y sont portées par la nécessité, et nous par nostre choix et franc-arbitre.

Le 4, poinct, c'est que nostre ame est engeance et Image de la Divinité.

(1) Réponse de Tircis à la plainte de Théophile prisonnier (par Des Barreaux).

Moyse au Genèse chap. 2 dit, que Dieu ayant formé l'homme du limon de la terre, inspira ou souffla à la face d'iceluy une âme vivante. Et l'Autheur de nostre Theophile, à sçavoir Platon, le tient et croit encores que Payen : mais il se trompe en ce qu'il admet la réminiscence, et tient que l'âme est de toute Eternité.

Le 5 poinct c'est, que nostre ame a trois facultez, l'intellect, la mémoire, et la volonté. L'intellect est le discours de l'entendement. Sainct Augustin l'appelle *esprit*, en tant qu'il vacque à la méditation et contemplation. Il est considéré en deux façons, *Agent* et *Patient*.

Celuy-là rend intelligibles les choses matérielles, séparant les formes de leurs natures : celuy-cy reçoit ces mesmes formes, et s'appelle *Table rase* apte et propre à recevoir tous les objects intelligibles, et est en quelque façon faict mesme chose que telles formes et objects ; très noble, en ce qu'il conçoit tout, excepté Dieu, voire il se conçoit soy-mesme par réflexion, se redoublant soy-mesme, et se contemplant en ses opérations comme dans un miroir. Il a trois opérations, à scavoir, la simple appréhension, la faculté composante, et la ratiocinative. Par la simple appréhension il considère l'objet nuëment, et confusément. Par la faculté composante, il attribuë quelque propriété à cet objet : comme au cheval le hannir, à l'homme le rire, etc. Par la faculté arraisonnante, ou ratiocinative, il conclud quelque chose d'une autre et c'est par certains arraisonnemens : Ex. : Tout animal qui rid est homme. Pierre rid, doncques il est homme.

La 2 faculté de nostre ame c'est la volonté qui se porte par nostre franc-arbitre au bien, ou se destourne du mal. Et quoy qu'elle ait de commun avec les autres animaux, l'appétit vital et sensuel (par celuy-là désirant sa nourriture, et par celuy-cy convoitant ou se courrouçant), toutes fois cest arbitre franc et non forcé est tant seulement propre à nostre volonté : comme j'ay dit en la faculté mouvente. Reste la mémoire plus excellente en nous qu'ès animaux : parce que ceux-cy ne se portent qu'à ce qui leur est présent ; et bien que la fourmy semble amasser pour l'Hyver ; ce n'est qu'un instinct naturel qui la pousse et induict à pourchasser les choses presantes comme commodes et utiles. En fin si l'animal perd de souvenance un object, jamais plus il ne le recouvre s'il ne le représente derechef à ses sens : ce qu'il n'est pas ainsi de nous.

Le 6 poinct c'est, que nostre âme est immortelle, et qu'après cette vie nous sentirons en corps, et en âme à jamais ou les joyes de Paradis, ou les peines de l'Enfer, suivant ce que nous aurons opéré, et c'est un Article de Foy, et le dernier du Symbole.

Le 7. Que deslors que l'âme est séparée du corps, elle est à l'instant jugée et logée au lieu qu'elle a mérité.

Le 8. Que l'âme qui a bien vécu, et meurt sans peché mortel, estant toutesfois chargée de quelques veniels, se purifie dans le Purgatoire.

Le 9. Que l'âme bien-heureuse ne bougeant de Paradis, void tout ce qui se fait ça bas soit : par l'illumination des rayons de la Divinité, dont elle est éclairée, soit par des espèces spirituelles, abstraites des choses intelligibles, car retenant toutes ses facultés intellectuelles, elle a tout aussi bien l'entendement actif, et passif, voire avec plus de perfection qu'en cette vie.

Le 10. Qu'elle a soin du salut de ceux qui sont encore voyageurs en ce monde, et prie pour eux.

Le 11. Qu'elle désire se réunir avec son corps, quand il sera glorifié.

Le 12. Qu'elle peut cependant reprendre son propre corps par permission divine, et nous apparêtre, comme firent, du temps de Jésus-Christ le Lazare, le fils de la Vefve, etc., et de nostre temps plusieurs autres, comme il se lit en la vie de S. Stanislas.

Le 13. Ou un autre formé de l'air, pour nous advertir, ou annoncer quelque chose.

Le 14. Que les Saincts de l'autre monde se communiquent familièrement à ceux de cetui-cy qui meinent une vie saincte, comme nous lisons en la vie de Saincte-Catherine de Sienne, etc.

Bien-heureux donc qui méritera de se trouver un jour parmi ces célestes Héros, pour la société desquels (comme dit le vénérable Bede) le ciel s'éjouit, par l'avocassage desquels ce bas monde est à couvert, par les trofées desquels la saincte Eglise se coronne de mille guirlandes qui ne flaitriront jamais. La confession desquels d'autant qu'elle a esté invincible parmy les tourmens des tyrans, et les détresses de la mort, d'autant les rend-elle plus illustres en la gloire qu'ils possèdent, parce que croissant le combat, la victoire de ces sacrez combattans s'est augmentée, et le triomphe de leurs martyres a prins pied, et s'est agrandi par la variété des afflictions qu'ils ont souffertes en cete vie. D'autant que les gênes ont été grieves, d'autant leurs coronnes se trouvent maintenant éclatantes et brillantes. La raison de cecy est, parce que cete Eglise Militante est très bien régie du Saint-Esprit à souffrir toutes choses pour l'amour divin, et à l'exemple de Jésus-Christ qui a tant souffert pour nous, elle s'est renduë très capable à tout souffrir pour se rendre victorieuse, non à résister et à contre-lutter, mais à tolérer. O doncques bien-heureuse Mère l'Eglise, de se voir ainsi illustrée de l'honneur que son Espoux Jésus-Christ daigne luy départir, éclatante de la pourpre de ses Martyrs, et enguirlandée des palmes de l'inviolable chasteté de ses Pasteurs. Si autresfois les Empereurs pour monstrer leur sagesse humaine, firent entremesler des espines parmy les perles, en décorans leurs coronnes, les Saincts Bien-heureux citoyens du ciel ne voyent que tulipes et que lys parmy les escarboucles et diamans de leurs Diadèmes. Que chacun doncques de ceux qui sont en chemin de se trouver en une si saincte et si honorable compagnie, tâche de se mettre sur le chef ou la coronne de Virginité, ou celle de Continence, ou celle du Martyr, car en ce lieu là de paix et de repos, il ne manquera fleurs, ni pierreries pour coronner ceux qui y aborderont. Outre ce que la bonté infinie de Dieu a pourveu si bien à nostre advantage, que non seulement le temps de nostre combat en ce monde soit accourcy, mais encore que la récompense en soit demeseurement agrandie, et qu'après les ténèbres de cete vie, nous voyons cete éternelle lumière, en contemplation de laquelle, comme dit l'Apostre, il n'est détresse en ce monde, qui ne soit tolérable, et qui la puisse mériter.

Si Esprit Aubert a supprimé, on vient de le voir, le *Traité de l'Immortalité de l'âme de Théophile*, il n'en a pas moins utilisé 604 vers, dont 51 ont été visés dans le procès de Théophile, sur les 1818 environ que le poète a semés dans cet ouvrage. Il est vrai qu'il faut faire effort pour les retrouver ; il les a répartis de la façon suivante dans la IIIe p. de son édition, non sans en avoir corrigé un grand nombre :

Description d'un philosophe : *Celuy qui dans les solitudes* (T. I, p. 23, éd. Alleaume).

Contre la volupté : *C'est donner la borne aux* (*Il faut borner nos faux*) *desirs* (id., p. 32. Al.).

Exemple des gens de bien : *Ceux que la vanité n'a jamais peu saisir* (id., p. 26, Al.).
Esprit Aubert a modifié le dernier vers :
au lieu de : *On les estime morts au milieu de la vie*, il a mis : *Nous monstre le chemin de la céleste vie.*

Description des quatre fleuves infernaux : *Dans ce large espace du monde* (st. 22, 24 à 27) (id., p. 123. Al.).

Transmigration des Ames selon la doctrine de Pythagoras : *Dans le chemin du Ciel où l'Esprit veut aller* (id., p. 54. Al.).
Ici Esprit Aubert a groupé huit strophes qui sont dans le texte original séparées deux fois par de la prose.

Stances. Il dit qu'un escrivain doit estre éloquent en son discours : *Dans une passion de douleur et de rage* (id., p. 76. Al.).

Mort de Socrate : *Et ne crois* (*Ne croyez*) *point que je m'estonne* (id., p. 29. Al.).

Contre un glouton : *Est-ce pour le plaisir infame* (id., p. 24. Al.).
Aux quatre vers de Théophile, Esprit Aubert en a ajouté quatre autres :

> Quitte cette façon de vivre,
> Embrassant la sobriété :
> Car pour gaigner l'Eternité,
> Il te faut ceste route suivre.

Stances. Il dit comme il a esté curieux en sa jeunesse : *J'avois en mon jeune aage un merveilleux desir* (id., p. 83. Al.).

Description de l'Univers : *Je crois que cette masse est ronde* (id., p. 113. Al.).

Contre l'avarice : *Là, bien (Du Ciel) plus haut que le tonnerre* (id., p. 116. Al.).

Débilité des sens corporels : *L'Ame courant après la vérité* (id., p. 49. Al.).

Socrate décrit comme l'Ame du bienheureux passe de ce monde en l'autre : *L'Ame dressant son vol vers la loge éternelle* (id., p. 52, Al.).
Esprit Aubert n'a modifié que deux mots dans les quatre strophes de Théophile :
st. 1, v. 4 : Plus vite·elle remonte vers sa *divine* source, au lieu de : ....*dernière* source :
st. 4, v. 3 : Elle n'a de confort que *de Dieu* seulement, au lieu de : ....*des Dieux*....

Mort des bons : *L'Ame n'est point nette et purgée* (id., p. 29. Al.).

Contre un luxurieux : *L'aise d'estre vestu de soye* (id., p. 25. Al.).
Ces quatre vers de Théophile sont suivis de quatre autres qui sont probablement d'Esprit Aubert :

> Mais tu dois prendre garde ailleurs ;
> Et quittant la pompe des hommes,
> Tu dois bien songer d'où nous sommes :
> Car suivre tes desseins ce ne sont les meilleurs.

Fruicts de la philosophie : *Le sage avec plaisir eschappe à son lien* (id., p. 31. Al.).

Que la terre n'est rien en comparaison du Ciel : *Les marbres qui sont nos murailles* (id., p. 117. Al.).
Le dernier des dix vers de cette strophe a été modifié par Esprit Aubert : Où la troupe des *saints* habite, au lieu de : ...*des dieux*....

Mort des bons : *L'Homme n'a point de liberté* (id., p. 28. Al.).
L'Homme *vit en sa* liberté, au lieu de : ...*n'a point*....
Ne lasche ses plus beaux efforts, au lieu de : *Relasche*...

Tant que le sentiment du corps *obéit* à celui de l'âme, au lieu de :
....*participe*....

v. 10. Que *la mort* ne luy peut deffendre, au lieu de : ....*l'Enfer*....

Résolution de Lucresse à sa mort laquelle parle en payenne : *Lors que nos destins sont pressez* (id., p. 19. Al.).

Il (Socrate) montre la diversité qu'il y a à la mort entre le bon et le meschant : *Mais l'autre (Tout homme) à qui les sens ont donné des délices* (id., p. 53. Al.).

Sept stances sur huit en commençant au second vers de la première : *L'âme à qui les vertus ont esté des supplices*, de ce passage du *Traité de l'Immortalité de l'âme* ont été incriminées au procès de Théophile (voir *Le Procès de Théophile, T. I, pp. 374 et 375*).

Force de l'esprit : *Que (Notre) esprit est le plus puissant* (id., p. 50. Al.).

L'Apparition de Théophile à un sien Amy. Cette pièce est en prose (1) et en vers. Les vers comprennent seize strophes qui font partie de qua-

---

(1) La partie prose que nous reproduisons ici doit être d'Esprit Aubert, il l'a composée pour utiliser les vers de Théophile :

« La Royne de la nuict estoit desjà fort avancee sur nostre Hemisphere, le silence estoit general, et tout prenoit repos ; lorsqu'un bruit inopiné interrompit mon premier sommeil. Moy curieux de sçavoir ce que pouvoit estre, j'esleve un peu ma veuë, et alors j'apperçeus une Ombre entrer en ma chambre, toute semblable à celle de mon cher Théophile. D'abord j'en détournai mes yeux, et taschant de perdre l'object de ceste vision, je ferme le rideau de mon lict, et de cœur et de pensée, je priois pour le repos de cet Esprit. Mais à peine avois-je l'œil à demy-clos que s'approchant de plus près, et marchant d'un pas assez grave, me dit d'une voix douce et agréable, Clitiphon, Clitiphon ramassez vos esprits, et ne doutez rien de sinistre d'une personne qui vous a tant aymée. Je suis ce Théophile qui ay espreuvé si doucement vostre conversation et qui pour les bons offices que vous me fites lors que je fus interdit de la Cour, reviens icy pour vous en rendre un plus signalé que tous ceux-là. Et quoy qu'il semble que les Ames n'ayent pas licence de revenir en ce monde après la séparation de leurs corps; si est-ce que le Ciel me le concédant, je viens pour vous faire paroistre le desir que j'ay de vostre salut, vous donnant advis que vostre Religion (laquelle j'ai autrefois professée) n'est qu'une erreur, qui sous l'apparence du vray flatte les Libertins, et les conduit à une totale ruine d'âme et de corps. Désabusez-vous donc d'icelle (cher Clitiphon) et embrassez désormais la Foy que l'Eglise Romaine tient, en laquelle depuis ma conversion j'ay vescu avec un très doux repos. Embrassez tousjours la querelle du Roy : Car elle est très juste. Et comme il nous est permis par deçà de voir plus clairement les choses à venir, la terre est trop étroite pour lui fournir des lauriers. Aussi le ciel lui en réserve de plus dignes et de plus durables. Si j'estois à faire un souhait, je me desirerois estre (pour quelque temps) en la compagnie de tant d'Orphées qui chantent sa gloire parmy les mortels, et avec eux faire revivre ma Muse pour m'acquiter de tant d'obligations que j'ay à sa Royalle clémence : mais cela ne se pouvant,

rante qui se suivent dans le *Traicté de l'Immortalité de l'âme* sur les-quelles nous en avons déjà retrouvé cinq (voir : *Dans ce large espace du monde*) ; les dix-neuf autres ont été négligées par Esprit Aubert. Voici l'indication de ces 16 strophes :

Str. 1 à 11, 31 à 33, 39 et 40 (id., pp. 117 à 120, pp. 126 et 127, pp. 128 et 129. Al.). Voici le premier vers de la première strophe : *Qui de ce lumineux royaume.*

Esprit Aubert a modifié les vers de plusieurs strophes :

str. 5, v. 5 Là toute sorte d'*habitans* au lieu de : Là toute sorte d'*ani-*
[*maux*

    Exempts de tant de tourmens   id.   *Franche de la ri-*
[*gueur des maux*

    Desquels vostre terre est *remplie*, id.   *Où* nostre terre est
[*asservie.*

Ces trois vers et les trois qui suivent chez Esprit Aubert :

        Vivent avecques liberté
        Et, dans des lieux plein de santé,
        Jouyssent d'une longue vie.

ont été incriminés dans le *Procès de Théophile* (T. I, pp. 374 et 375).

str. 9, v. 10 Et *le vouloir* de nature   au lieu de : Et *la volonté....*

str. 10, v. 1 Là tous ces *fabuleux* miracles   id.   *....fameux...*
        Que *vous oyez* dire des Cieux   id.   *...nous oyons...*
        Et ces *Organes demi-Dieux*   id.   Et ces *vrays orga-*
[*nes des Dieux*
    id.   v. 9 Il est aisé *d'admirer* un Dieu   id.   *...de voir...*
        Mieux que dedans vostre contrée. id.   *Comme un homme*
[*en ceste* contrée.

str. 11, v. 7 *Les Saincts y sont là très propices*   id.   *Les Dieux ne sont*
[*là que*

str. 32, v. 2 D'autres âmes *moins* criminelles   id.   *....bien...*
        Et pour qui les *Cieux* moins faschez   id.   *Mais* pour qui les
[*Dieux*

continuez vos prières pour sa prospérité ; Et recevez de moy ces beaux advertis-sements que j'ai autrefois fait dire à Socrate, pour remettre au bon chemin ceux qui en sont esloignez. Par là vous verrez donc deux diverses demeures ; L'une que l'homme de bon sens doit fuïr, pour les peines qu'on y ressent, Et l'autre où il doit aspirer pour la gloire éternelle : Car... (suivent les vers de Théophile).

str. 32, v. 5 Ceux *qui par leur infirmité*   au lieu de .... *qu'un brutal*
[*aveuglement*

         Ont commis quelque iniquité   id.   *Provoque irrai-*
[*sonnablement*

         Que l'on appelle vénielle,   id.   *A fascher le père*
[*et la mère,*

         Sont dans cest espoir de guérir
         S'estant purgez avant mourir.
         Suivant la Justice éternelle,   id.   *Par une repentan-*
[*tance amère.*

str. 33, v. 6 Dans les *Cieux* ne se r'appaisans   id.   *....Dieux...*

         Dans une vengeance très rude   id.   *Qu'après...*

id.   v. 10 D'une *éternelle* servitude   id.   *.... effroyable...*

str. 39, v. 3 Et dont la volonté des *Cieux*   id.   *........Dieux*

      v. 8 *Ayant laissé leur corps icy*   id.   *Ils n'ont plus de*
[*corps comme icy*

A la mémoire de Philis. Il louë la beauté qui paroissoit sur son visage. Stances : *Si je passe en un jardinage* (id., p. 40. Al.).

Le texte qui précède ces vers et ces vers ont été incriminés (voir *Le Procès de Théophile, T. I, pp. 374 et 375*).

Stances. Phœdon s'entretient sur la mort de Socrate (28 str. de 4 vers) : *Vrayment depuis le temps que je cognois sa vie* (id., p. 66. Al.).

2° *Pyrame et Thisbé*

Esprit Aubert a exposé l'argument de la tragédie *Les Amours de Pyrame et Thisbé* en y insérant une ode non signée du *Parnasse satyrique* qui est de Boisrobert, un sonnet qu'il a modifié de la Ire partie des OEuvres et la pièce de la IIe p. : Thisbé, pour le pourtrait de Pyrame.

Argument

Pyrame et Thysbé furent natifs de l'ancienne Cité de Babylone ; celuy-là Gentilhomme de très noble part, et celle-cy Damoiselle de très excellente beauté. Leurs Maisons contiguës furent cause de leur mutuelle affection ; Mais l'invétérée inimitié de leurs parens, et les importunes poursuites du Roy de Babylone, coiffé de l'amour illégitime de ceste belle fille (de laquelle il avoit veu le Portraict chez Arxez) traverserent leur bon-heur. Je me donneray le loisir de vous entretenir sur ce discours. Thysbé, pour soulager les cuisantes détresses que Pyrame souffroit pour l'interdiction et defence que ses Parents luy avoient fait de la particulariser, fit faire son portraict qu'elle luy envoyoit par un de ses confidens : Mais Arxez, Gentil-homme de la Chambre du Roy, surprint le porteur, et par belles paroles le luy ravit, et le mit près de son lict. Le Roy ayant veu le portraict de Thysbé en la chambre de son mignon Arxez, et ne la connoissant pas, se plaisoit à le contempler. Un jour il fit ceste ode :

O chef-d'œuvre de la Nature ! (1)

Enfin Arxez luy declara qui c'estoit, et le Roy l'ayant remarquée avec plus de curiosité que de l'ordinaire, en devint amoureux. Notre Thysbé ne s'en prenoit garde, ains comme c'est la coutume des avaricieux d'avoir tousjours le cœur sur leur thrésor, elle ne l'avoit ouvert que pour penser à son Pyrame. Et partant, sçachant que Arxez avoit ravi son portrait des mains de son messager, fit tant qu'à la fin elle le recouvra, et l'envoya à Pyrame. Voicy le sonnet (2) qu'il en fit, et qu'il manda à Thysbé (E. Aubert en a modifié les 1er et 4e vers et le dernier verset afin qu'il ait trait à Thysbé) :

1er v. Mes langueurs me pressoient d'une douleur si forte... (3)
4e v. Vous eussiez obligé une personne morte (4)
12e v. O ! quel pouvoir, Thysbé, vous avés sur mon sort !
       Puisque votre portraict me vient rendre la vie
       Malgré l'éloignement qui me donne la mort (5).

Néantmoins les martels travaillèrent toujours le pauvre Pyrame ; et la belle Thysbé pour le consoler en quelque façon, et lui faire paretre qu'elle n'aimoit autre que luy, fit faire le portrait d'iceluy qu'elle garda du depuis tant qu'ils séjournerent dans Babylone :

Fay moy de grace une peinture (6).

Cependant Amour, singulier artisan d'inventions, leur conseilla d'eschapper au refus de leurs parens, et aux poursuites insensées du Roy. Ils sortent donc de Babylonne en pleine nuict, et se rendent au tombeau de Ninus, proche d'un ruisseau. Mais parce que ce ne fut à mesme heure et l'un ayant devancé l'autre, ils tombèrent au désastre que vous lirez en ceste histoire. Les Pères et Mères apprendront d'icy comme il ne faut vio-

---

(1) Nous reproduisons cette ode de Boisrobert avec les poésies extraites du *Parnasse satyrique* ou inédites que renferme l'édition d'Esprit Aubert.

(2) Ce sonnet a paru dans la 1re édition des OEuvres de Théophile, 1621, il n'avait donc aucun rapport avec la tragédie de *Pyrame et Thisbé* qui est de 1623, c'est Esprit Aubert qui l'a adapté.

(3) Texte de 1621 : 1er v. Vos rigueurs me pressoient....
(4)   id.   4e v. Vous n'eussiez obligé qu'une personne morte.
(5)   id.   12e v. Cloris, vous estes bien maistresse de mon sort,
         id.   Car, ayant eu pouvoir de me donner la vie.
         id.   Vous avez bien pouvoir de me donner la mort.

(6) Cette ode a paru dans la IIe p. des OEuvres de Théophile, 1623, sous le titre : Thisbé, pour le portrait de Pyrame. Au peintre.

lenter par trop les volontés de leurs enfans en cas de mariage, principa-
lement quand ils sont d'âge meur, et que l'alliance est égalle. Les enfans
recevront icy un advertissement comme il faut obéïr à Père et Mère, et ne
se laisser aucunement porter à des amours libertines. Les Amans se rendront plus sages et plus discrets en la conduite de leurs amours et à ne se
hazarder jamais de quitter leur patrie, pour suivre un aveugle. Un chacun
sçaura d'icy comme il ne faut point s'advancer le dernier jour :

Car ce grand Dieu qui fit nos Loix.... (1)

Nos poëtes finalement se rendront plus doctes et plus capables en l'art de
composer Tragedies ; remarquans icy les belles conceptions de nostre
Autheur, la variété des accidents si bien meslez, la cognoissance des
mœurs des personnages qu'il introduit, la gravité des sentences, et tout
par tout sa facilité en la Poësie, qui est en luy singulière et nompareille.

Les corrections et additions qu'a faites Esprit Aubert à cette
tragédie sont peu nombreuses et peu importantes :

Au Ier acte, à la scène III (la dernière), il a ajouté à la réplique de Syllar
au Roy deux vers :

. . . . L'argent a des ressorts
Qui font aller partout nos esprits et nos corps,
Les dons faits largement ont une grand'puissance,
Tout se fait par l'espoir de quelque récompense.

A l'acte IIe, scène Ie, il a corrigé le vers suivant qui est mis dans la bouche
de Pyrame :

A traicter nos amours les *barbares* nous nuisent (2).

A l'acte III, scène Ie, il manquait un vers dans l'édition de 1623 (3) qui
devait rimer avec celui-ci :

Que l'Enfer un pareil (trespas) n'en sçauroit faire naistre.

Esprit Aubert y a suppléé :

Pensons-y meurement avant que le commettre (4).

A cette même scène, une correction et une addition :

(1) Strophe 3 de la *Très humble requeste (de Théophile) à Monseigneur le
Premier Président* : Mais ce grand Dieu qui fit nos loix.
(2) Texte de 1623 et jusqu'à Scudéry :

A traicter nos amours, *les arbitres* nous nuisent.

(3) Ce vers manque dans toutes les éditions jusqu'à celle de Scudéry.
(4) Dans l'édition Scudéry, 1632, ce vers ajouté est tout autre, il ne fait plus
partie de ceux mis dans la bouche de Deuxis, mais il commence une réplique
de Syllar :

Sçachez qu'un serviteur doit obéyr au maistre.

Pyrame
Si ta main n'est meilleure
Que celle à Deuxis, tu mourras à cette heure (1).
Ton sort, comme le sien, pend au bout de ce fer.

et le vers qui suit omis dans l'édition de 1623 (et dans les suivantes
jusqu'à celle de Scudéry) :

Syllar
Je m'enfuis pour ne voir si promptement l'Enfer (2).

Acte IV, scène Iᵉ, Esprit Aubert a complété la tirade de Pyrame par
deux vers exécrables que l'intention de moraliser peut seule excuser :

Bref, un si rare objet m'est si doux et si cher
Que ta main seulement me nuit de te toucher,
L'Amour se voit tousjours mesler de jalousie,
S'il est accompagné, c'est une grand'manie.

Enfin, le bon Chanoine a imprimé sans modifications aucunes
les vers suivants de la scène IIᵉ du Vᵉ Acte :

. . . . rameaux, prez verdissans
Qu'à soulager mon mal vous êtes impuissans !
Quand bien vous en mourriez, on voit la Destinée
R'amener vostre vie en r'amenant l'année.
Une fois tous les ans nous vous voyons mourir,
Une fois tous les ans nous vous voyons fleurir.
Mais mon Pyrame est mort sans espoir qu'il retourne
De ces pasles manoirs où son esprit séjourne.
Depuis que le soleil nous void naistre et finir,
Le premier des deffuncts est encore à venir ;
Et quand les Dieux demain me le feroient revivre,
Je me suis résoluë aujourd'huy de le suivre...

sur lesquels Théophile avait été interrogé le 26 mars 1624 (deuxième
interrogatoire) dans les termes suivants :

*Luy avons aussi représenté qu'à la penultiesme page du second
vollume il fait assez congnoistre qu'il veuct fayre croyre qu'il n'y a
aucune resurrection des mortz, ayant dict par mocquerye que le premier des hommes deceddez est encore à venyr, dont il a voullu inférer
que n'y ayant point d'espérance de retourner il ne falloit point attendre de résurrection.*

(1) Voici le texte de l'édition originale 1623 :
. . . . Si ta main n'est meilleure
Ce lasche et traistre sang tu vomiras sur l'heure.
(2) Dans l'édition Scudéry de 1632, on lit :
Fuyons, je crois que c'est un fantosme d'enfer.

A cette question insidieuse, Théophile avait répondu :

A dit qu'il nous supplye de considérer que cela est escript en une tragédye où sont representez pour personnages des payens, representant lesquelz il a esté aussy loysible d'user des mesmes termes dont ils usoient autrefoys et ne luy est jamais arrivé de parler autrement de la résurrection que comme la croyant.

3° *Poésies*

(*mots typiques*)

Adorer

Je n'accuseray plus Cloris d'ingratitude
v. 4 Puisqu'elle me permet l'honneur de *l'honorer* (1).
    (Sonnet : Depuis qu'on m'a donné licence d'espérer, I^e p.).

v. 1 *Tristes* murs du Soleil où *je servois* Philis (2),
    Doux séjour où mon âme estoit jadis charmée.
    (Sonnet, IIe p.).

v. 26 Tu maudirois pour moy la beauté que *j'honore*
    Mais avec qui bien tost je t'oserois jurer
v. 28 Vivre indifféremment au lieu de *t'honorer* (3).
    (Elégie à M. de Pesé : Unique confident........, II^é p.).

Et, de regret contraint de me désespérer
v. 73 Je perdrois le plaisir que j'ay de *t'honorer* (4).
    (Elégie : Ne me fais point aimer........, IIe p.).

Amours

Nous irons dans des bois, sous des feuillages sombres
Où jamais le Soleil n'a sceu forcer les ombres ;
v. 237 Personne là dedans n'entendra nos *discours*
    Car je veux que les vents *m'halètent en ces jours* (5).
    (Elégie : Souverain qui regis l'influence des vers, IIe p.).

---

(1) Texte de 1621 : Puis qu'elle me permet l'honneur de *l'adorer*
(2)   id.   1623 : *Sacrez* murs du Soleil où *j'adoray* Phillis
(3)   id.   Tu maudirois pour moy la beauté que *j'adore*
              Mais avec qui bien tost je t'oserois jurer
              Vivre indifféremment au lieu de *l'adorer.*
(4)   id.   Je perdrois le plaisir que j'ai de *t'adorer*
(5)   id.   Personne là dedans n'entendra nos *Amours*
              Car je veux que les vents *respectent nos discours.*

Ange

Lors que le soleil de tes faveurs me prive,
v. 38 Comment crois-tu, *ma belle*, que je vive ? (1)
(Elégie : Mon âme est triste........ Iᵉ p.).

Autel

Ce feint honneur, ceste fumée
Veut estonner sa renommée
De l'imprudence des humains,
Cloris, perdez ceste foiblesse,
Si vous ne vivez en *Maistresse*
str. 15, v. 10 *Mes services seront donc vains* (2).
(A Cloris, ode : Aussi franc d'amour que d'envie, Iᵉ p.).

Les Anciens, devotieux
str. 2, v. 2 Rendant leur service à *leurs Dieux,*
(Qui n'estoient que Déitez vaines)
Y faisoient brusler de l'encens :
Mais à vous j'immole mes sens,
Mes forces, mon cœur, et mes veines (3).
(Stances : J'ay trop d'honneur d'estre amoureux, Iᵉ p.).

Mon âme triompha de se sentir blessée
str. 4, v. 3 *Un prince* m'eust dépleu d'oster à ma pensée (4)
L'entretien d'un si doux tourment.
(Stances : Dans ce temple où ma passion, Iᵉ p.).

Ce torrent glorieux ne daigne plus servir :
Je l'ayme de l'honneur qu'il rend à ta caresse,
v. 20 Et luy veux faire part aux *honneurs* que je dresse (5).
(Elégie : Je pensois au repos........, Iᵉ p.).

(1) Texte de 1621 : Comment crois-tu, *mon Ange*, que je vive ?
(2)   id.   *De l'imprudence des mortels :*
                          Cloris, perdez ceste foiblesse,
                          Si vous ne vivez en *Déesse,*
                          De quoy vous servent mes Autels ?
(3)   id.   *Les plus dévotieux mortels*
                          Rendant leur service *aux Autels,*
                          Qu'on dresse aux Deitez supremes,
                          Ne font brusler *que* de l'encens,
                          Et pour vous adorer, je sens
                          Que je me suis bruslé moy mesme.
(4)   id.   *Et l'autel* m'eust despleu d'oster à ma pensée
(5)   id.   Et luy veux faire part aux *Autels* que je dresse

Je diray tout pour flatter ta colère
J'ay, si tu veux, assassiné mon père,
v. 31 Mesdit des Dieux, *démoli un Hotel* (1)
J'ay plus failly que ne peut un mortel....
(Elégie : Mon âme est triste......., 1e p.).

Tout ne m'apporte que du mal,
Mon propre demon m'est fatal,
Tous les Astres me sont funestes.
str. 7, v. 4 J'ay beau recourir aux *mortels*,
Je ne sens dedans moy que pestes,
Que fièvres, que morts, que martels (2).
(Ode : Je n'ay repos ny nuict ny jour, 1e p.).

v. 5 Ornemens *du Palais*, qui n'estes que fumée,
Grand Temple ruyné, *ministres* abolis,
Effroyables objects d'une ville allumée,
Thrésors, hommes, chevaux, ensemble ensevelis (3).
(Sonnet : Sacrez murs du Soleil......., IIe p.).

Après ce jugement *nouveau*,
Où l'on a veu ma renommée,
str. 26, v. 3 Et mon pourtrait sur leur *poteau*
N'estre plus qu'un peu plus de fumée,
Falloit-il cercher de *surplus*
Les matières de *tant de feux* (4).
(Requeste au Roy : Au milieu de mes libertez, IIIe p.).

En quelle place des mortels
Ne peut le vent crever la terre,
str. 15, v. 3 En quels Palais et quels *Hotels* (5),
Ne se peut glisser le tonnerre ?
(Lettre à son frère : Mon frère, mon dernier appuy, IIIe p.).

(1) Texte de 1621 : Mesdit des Dieux, *empoisonné l'Autel*
Ces 4 vers de Théophile ont été incriminés dans l'interrogatoire — le premier
— du 22 mars 1624 (Voir *Le Procès de Théophile*, t. I, pp. 379 et 380).
(2) Texte de 1621 : J'ay beau recourir aux *autels*
    Je sens que pour moy les celestes
    Sont foibles comme les mortels.
(3)   id.   1623 : Ornemens *de l'autel*, qui n'estes que fumée,
        Grand Temple ruiné, *mystères* abolis,
        Effroyables objects d'une ville allumée,
        Palais, hommes, chevaux, ensemble ensevelis.
(4)   id.   1630 : Après ce jugement *mortel*
        Où l'on a veu ma renommée,
        Et mon portraict sur leur *Autel*
        N'estre plus qu'un peu de fumée,
        Falloit-il chercher de *nouveau*
        Les matières de *mon tombeau*....
(5)   id.   En quels Palais et quels *Autels*

Baise, Baiser

Sus, ma Corine, que je cueille
str. 33, v. 2 Tes *discours* du matin au soir ! (1)
(La solitude, ode : Dans ce val solitaire......., I^e p.).

Si cela m'arrivoit, je n'aurois pas tant d'aise
v. 132 *Cloris, que de garder mon amoureuse braise* (2).

. . . .

Amans qui vous picquez vers un objet forcé
v. 138 Qui ne sçavez que c'est d'un *bon heur non* pressé (3).
(Elégie : Souverain qui régis......., IIe p.).

Je meriterois bien que toute la journée
On flatast la douleur que la nuict m'a donnée,
v. 31 Et que *ma* Cloris vint *avec moy deviser
Et fisse en ses discours* mon âme reposer (4).
(Elégie : Ne me fais point aimer......., IIe p.).

Beauté, Beautés

st.. 4, v. 1 Les traits de tes *beaux yeux* sont d'assez fortes armes (5)
Pour vaincre mon malheur.
(A Philis, stances : Ha ! Philis, que le Ciel...., I^e p.).

Amour, *luy mesme, s'est faict oster la veuë* :
v. 66 *Craignant les traits dont sa face est pourveuë* (6).
(Elégie : Chère Philis, j'ay bien peur....., I^e p.).

Charité

Ha ! que les cris d'un innocent
Quelques longs maux qui les exerçent
Trouvent mal aysement l'accent,
Dont ces âmes de fer le percent,
Leur rage dure un an sur moy
Sans trouver ny raison ny loy

(1) Texte de 1621 : Tes *baisers* du matin au soir
(2) id. 1623 : *Ni tant de vanité que si Cloris me baise*
(3) id. Qui ne sçavez que c'est d'un *baiser bien* pressé
(4) id. Et que Cloris vint *faire avec un doux baiser
De ses afflictions* mon âme reposer.
(5) id. 1621 : Les traicts de tes *beautez* sont d'assez fortes armes
(6) id. Amour, *sçachant de quels traicts est pourveuë
Ceste beauté, s'est faict oster la veuë*.

> Qui l'appaise ou qui luy resiste
> Le plus juste et le plus chrestien
> str. 30, v. 9 Croit que sa *vérité* m'assiste (1)
> Si sa haine ne me fait rien.
> (Lettre à son frère : Mon frère, mon dernier appuy, III° p.).

Chasteté

> v. 91 *La sagesse me pèse* et paroist un vieux conte (2).
> Que ma mère m'apprit.
> (Pour Mademoiselle de M..... : Je suis bien jeune encore...., I° p.).

Ciel

> str. 21, v. 1 Mais quoy que les *Grands de la terre* (3)
> Troublassent nos contentements :
> Et nous fissent souffrir la guerre
> Des Astres et des Elémens ;
> *Rions de leur malice noire,*
> Et dans *les délices de boire*
> *Noyons* les soins *les plus urgents,*
> *Qui veulent priver nos années,*
> Des douceurs que les destinées,
> Ne permettent *qu'aux jeunes gens* (4).
>
> (A Cloris, ode : Aussi franc d'amour que d'envie, I° p.).

> str. 5, v. 1 Je te conjure par tes yeux,
> Que j'ayme et que j'honore mieux
> *Que tous les trésors* de la terre (5).
>
> (Stances : Je jure le jour qui me luit, I° p.).

---

(1) Texte de 1630 : Croit que sa *charité* m'assiste

(2)   id.   1621 : *La chasteté m'offense* et paroist un vieux conte
Ces vers ont fait l'object d'une question non posée de projet d'interrogatoire de
Mathieu Molé (partie non autographe).

(3) Texte de 1621 : Mais quoy que *le Ciel et* la terre....

(4)   id.   *Il faut rire de leurs malices,*
Et dans un fleuve de délices
Noyer les soings *injurieux.*
Qui privent nos jeunes années,
Des douceurs que les destinées.
Ne permettent *jamais aux vieux.*

(5)   id.   *Ny que le Ciel, ny que* la terre

Clergé

Qu'on estoit si fort irrité,
Qu'en despit de la vérité
str. 14, v. 8 Que Jésus-Christ a tant aymée,
Après m'avoir à faux chargé (1)
On me vouloit voir en fumée
Soudain que je serois jugé.
(Requeste au Roy : Au milieu de mes libertez, IIIᵉ p.).

Contentemens

Si le Ciel me faict vivre assez
Pour voir la fin de vostre gloire
Et me punir de la memoire
str. 9, v. 4 De *vos deguisemens* passez (2).
(Ode : Perside, je me sens heureux....., IIᵉ p.).

Croyance aveugle

str. 15, v. 1 Bien que des imposteurs (*qu'une rage notoire*
Oppose absolument *au progrès de ma gloire*) (3)
Fassent courir des bruits que mon sens libertin
Confond l'Auteur du monde avecque le Destin.
(Plainte de Théophile à un sien amy.... : Tircis, tu cognois
[bien...., IIIᵉ p.).

Cruauté des Dieux

Cieux, que j'ay si souvent priez (4)
Sans me vouloir jamais entendre,
Je vous ay bien injuriez,
D'estre si longs à me la rendre.
str. 4, v. 1 J'excuse *vos tardivetez* (5).
Je perds le soin de vous desplaire :

(1) Texte de 1630 : *Pour les interests du clergé*
(2)   id.   1623 : De *nos contentemens* passez
(3) Edit. orig. de 1623 : Bien que des imposteurs *qu'une aveugle ignorance*
S'oppose absolument *aux libertez de France*.
Dans l'éd. de Lyon, 1630. le premier de ces deux vers a été modifié :
Bien que des imposteurs, dont l'aveugle croyance
(4) Texte de 1621 : *Dieux*, que j'ay si souvent priez
(5)   id.   J'excuse *vostre cruauté*

Le retour de *tant de beautez* (1)
A finy toute ma cholère.
(Stances : Mon espérance refleurit, I° p.).

Damné, damnés

Sur mon âme, il m'est impossible
De passer un jour sans te voir
Qu'avec un tourment plus sensible
str. 2, v. 4 Qu'un *forçat* n'en sçauroit avoir (2).
(A Cloris : Stances : S'il est vrai, Cloris...., I° p.).

Les Parques ont le teint plus gay que mon visage,
v. 2 Je croy que les *forçats* sont plus heureux que moy
Aussi le vieux tyran qui *me* donne la loy (3)
Des peines que je me sens n'a jamais eu l'usage.
(Sonnet, I° p.).

Il est vray que mon mal ne peut devenir pire,
Qu'un esclave seroit honteux de ma prison,
v. 7 Et que *tous les forçats*, à ma comparaison (4),
Trouveroient justement des matières pour rire.
(Sonnet : Si quelques fois Amour...., I° p.).

Desloyautez

Et méritois bien que le Roy
En suitte du premier effroy,
Dont me fit pallir sa menace,
M'eust fait sentir les cruautez

(1) Texte de 1621 : Le retour de *ceste beauté*
Ces deux strophes ont fait l'objet d'une question non posée de projet d'interrogatoire de Mathieu Molé (partie non autographe) : « *Etre perfide aux Dieux
qu'il faut adorer et prier, les injurier, les accuser d'injustice, mettre ses
soins à leur déplaire n'est pas un crime et confesse franchement qu'il le
fait....*

(2) Texte de 1621 : Qu'un *damné* n'en sçauroit avoir
Ces deux vers ont été niés par Théophile, interrogatoire — le premier — du
22 mars 1624, voir *Le Procès de Théophile*, T. I, pp. 381 et 382.

(3) Texte de 1621 : Je croy que les *damnez* sont plus heureux que moy
                Aussi le vieux tyran qui *leur* donne la loy.
Ces vers ont été niés par Théophile, interrogatoire — le premier — du 22
mars 1624, voir *Le Procès de Théophile*, T. I, pp. 381 et 382.

(4) Texte de 1621 : Et que les *plus damnez* à ma comparaison
Ce sonnet a été nié par Théophile et il n'est pas dans l'édition de Scudéry de
1632, peut-être par simple omission, voir *Le Procès de Théophile*, interrogatoire
— le premier — du 22 mars 1624, pp. 381 et 382.

str. 2, v. 9 Qu'on ordonne aux *meschancetez* (1),
Qui n'ont point merité de grâce.
(A Mgr le duc de Luynes, ode : Escrivains toujours empeschez, I^e p.).

Destin, destinées

str. 18, v. 4 Et qu'ayant *ta valeur* pour elle (2)
Parce que tu ne peux mourir
La liberté n'est pas mortelle.
(Au Prince d'Orange, ode : Un esprit lâche...., I^e p.).

Celuy qui dans nos cœurs met le mal ou le bien
v. 16 *Le* laisse faire *à nous sans nous contraindre en rien* (3).
(Elégie à une dame : Si vostre doux accueil...., I^e p.).

Or, pour le grand dessein où j'engage mes vers
v. 168 Il faut que tes *honneurs* me soient mieux descouverts (4).
(Elégie à M. de M... : Desjà trop longuement...., I^e p.).

Pour le moins fay semblant d'avoir un peu de peine,
st. 6, v. 2 Voyant le précipice *où l'envie* me traisne (5)
Afin qu'un bruit fascheux ne vienne à me blasmer
D'avoir mal reconneu ceux que je dois aymer (6).
(Plainte de Théophile à un sien amy.... : Tircis, tu cognois
(bien...., IIIe p.).

Pleut au Ciel que sa renommée
Fust aussi cherement aymée
De mon prince qu'elle est de moy,
str. 17, v. 4 Son *Etat* loin de la commune (7)
Seroist toujours avec le Roy
Dedans le char de la Fortune.
(Prière aux poètes de ce temps : Vous à qui de fresches
[vallées, IIIe p.)

(1) Texte de 1621 : Qu'on ordonne aux *desloyautez*
(2)   id.   Et qu'ayant *ton destin* pour elle
Cette pièce est composée de strophes alternées de 6 et de 7 vers.
(3) Texte de 1621 : Laisse faire *au destin sans se mesler de rien*
Les deux vers en question de l'*Elégie à une dame* ont été niés par Théophile
voir interrogatoire — le premier — du 22 mars 1624 (*Le Procès de Théophile*
T. I, pp. 377 et 378).
(4) Texte de 1621 : Il faut que tes *destins* me soient mieux découverts
mais l'édition de Lyon 1639 porte : desseins.
(5) Edit. orig. de 1623 : Voyant le précipice où le *destin* me traisne
(6) Ce vers est tel quel dans l'éd. orig. de 1623 publiée séparément sous le
titre : *Plainte de Théophile à un sien amy pendant son absence* ; dans l'édit.
de Lyon, 1630, il a été modifié :
D'avoir si mal cogneu qui je devois aymer
(7) Texte de 1630 : Son *destin* loin de la commune.

Ils s'estiment heureux pourtant
De prendre l'air qu'elle respire,
str. 8, v. 3 Leur *Etre* n'est que trop content (1)
De voir le jour sous son Empire.
(La Maison de Sylvie, ode II : Un soir que les flots
[mariniers, IIIᵉ p.).

Thyrcis avecque trop de foy
M'asseura, comme il est unique
A qui l'astre luisant sur moy,
str. 10, v. 4 De *tout mon estat* communique (2),
Il n'eust pas disposé son cours
A commencer les tristes jours
Dont je souffre encore l'orage....
(id. , ode IV : Chaste oyseau que ton amitié, IIIᵉ p.).

Cher Thyrcis, lors que mon esprit
D'une souvenance importune
str. 12, v. 3 Repense au *songe* qui t'apprit (3)
Les secrets de mon infortune.
(id. , ode V : Damon, dit-il, j'estois au lit, IIIᵉ p.).

Ainsi prophetisa Thyrcis
Les *tourmens qu'une année entière*
Par des accidens si précis
str. 1, v. 4 A fait choir *dessus ma lumière* (4).
(Id. , ode VI, IIIᵉ p.).

Tous les bleds, elle les produit ;
Le sep ne vient que de sa force :
Elle en fait le pampre et le fruict,
Et les racines et l'escorce ;
Elle donne le mouvement
Et le siège à chaque élement,
Et selon que Dieu l'authorise
str. 3, v. 8 Nostre *bonheur* prend de ses mains (5)
Et l'influence des humains,
Ou leur nuit, ou les favorise.
(Id. , ode VII : Le plus superbe ameublement, IIIᵉ p.).

(1) Texte de 1630 : Leur *destin* n'est que trop content
(2)   id.   De *tous mes destins* communique
(3)   id.   Repense au *destin* qui t'apprit
(4)   id.   Ainsi prophetisa Tyrsis
                  Les *malheurs que toute une année*
                  Par des accidens si précis,
                  A fait cheoir *sur ma destinée*
(5)   id.   Nostre *destin* prend (pour pend) de ses mains

Ce petit oyseau tout panché,
Où la princesse se présente,
Craint d'avoir le gosier bouché,
Le bec clos, la langue pesante,
Et cependant qu'il peut jouyr
Du bon-heur de se faire ouyr,
Luy raconte son adventure,
Et *va gazouillant nuict et jour*

str. 2, v. 9 Sur les caprices *de l'Amour* (1)
Qui luy fit changer de nature.
(Id. , ode VIII : Sur tous le rossignol outré, IIIᵉ p.).

str. 4 Je me fasche et me plains de tout,
Tout ce que je voy m'importune.
v. 3 *J'ay de faveurs, certes beaucoup,*
Mais je ne me ressens d'aucune (2).

. . . .

A cinquante ans un homme est mort,
Ce n'est plus rien que pourriture ;
str. 7, v. 3 *Mortels, nous avons doncques tort*
D'aller contre Dieu, et droicture (3).
(Satyre : Que mes jours ont un mauvais sort) (4).

Dieu, dieux, demy-dieu, divinité

Le destin luy laissa la conduite du monde,
v. 149 Et les *Cieux* par plaisir mirent entre ses mains (5)
L'inévitable droict qu'ils ont sur les humains.
(Au Roy, Estreine : Le dessein que...., Iᵉ p.).

(1) Texte de 1630 : Et *gazouille soir et matin*
Sur les caprices *du destin.*
(2) Parnasse satyrique : *Ventrebleu, le destin me fout,*
J'enrage contre ma fortune !
(3)   id.   *Morbleu ! les destins nous font tort ;*
Foutre d'eux et de la nature !
Cette strophe a été mise en cause dans la déposition de Pierre Guibert, boucher, du 29 avril 1624 (voir *Le Procès de Théophile*, t. I, p. 414) et dans l'interrogatoire — le sixième — du 15 juin 1624 (id., p. 450).
(4) Cette satyre a été incriminée dans l'interrogatoire — le deuxième — du 26 mars 1624 (id., p. 394).
Esprit Aubert, on le voit, l'a complètement remaniée et en a fait une pièce presque édifiante ; il s'est d'ailleurs livré à ce genre d'exercice littéraire sur plusieurs autres poésies du *Parnasse satyrique* qui n'étaient pas de Théophile !
(5) Texte de 1621 : Et les *Dieux* par plaisir mirent entre ses mains

Où tu dois, après cent années,
str. 31, v. 6 *Dedans Elyse, en demy-Dieu* (1),
Fouler aux pieds les destinées.

.   .   .   .

str. 32, v. 1 *Ces lieux en m'ouvrant leurs estats*
M'ont fait voir que ces *potentats* (2)
A qui la terre faict offrande.

.   .   .   .

str. 33, v. 5 *Mars* comme fleurs les vient cueillir (3)
Pour t'en donner une couronne.
(Au Prince d'Orange, ode : Un esprit lâche....., Iᵉ p.).

str. 2, v. 4 Les *Cieux*, qui sçavent mon malheur (4)
Cognoissent qu'il y va du leur.
(Contre l'Hyver, ode : Plein de colère...., Iᵉ p.).

Cloris, ma franchise est perdue ;
Mais quand, pour guérir mon ennuy
str. 12, v. 3 Quelque *Roy* me l'auroit rendue (5).

.   .   .   .

Moy qui suis devenu perfide
str. 17, v. 2 Contre *tous ceux* que j'*honorois* (6),
Et dont l'âme n'a plus de guide,
Si non l'Empire de vos loix,
Je vous croy parfaicte et divine,
Et mon jugement s'imagine,
.Que les faits *des plus généreux*,
Si vous ne leur donnez licence
N'ont en eux aucune prestance,
v. 10 *Et ne sont jamais bien heureux* (7).

.   .   .   .

(1) **Texte de 1621** : *Assis un peu plus bas que Dieu*
(2)   id.   *Les Muses, en m'ouvrant les Cieux*
                  M'ont fait voir que ces demy-dieux.
(3)   id.   *Dieu,* comme fleurs les vient cueillir
(4)   id.   Les *Dieux* qui sçavent mon malheur.
(5)   id.   Quelque *Dieu* me l'auroit renduë
(6)   id.   Contre *les Dieux* que j'adorois,
(7)   id.   Que les faits *les plus odieux,*
                  Lors que vous leur donnez licence,
                  Sont plus justes que l'innocence
                  Et que la saincteté des Dieux.
Cette strophe fait partie d'une pièce niée par Théophile, interrogatoire — le
premier — du 22 mars 1624, voir *Le Procès de Théophile*, T. I, pp. 382, 383
et 384.

str. 19, v. 8 Je croy que les *bois* et les hommes (1)
Dedans le climat où nous sommes,
Ne parlent que de nostre amour.
(A Cloris, ode : Aussi franc d'amour...., Ie p.).

Mais tu n'as point l'esprit avare,
Et quelque dignité si rare
st. 9, v. 3 Qu'un *Roy* mesme te vint offrir (2).
(Stances : Maintenant que Philis est morte, Ie p.).

Des plus rares beautez en ce fascheux voyage
st. 7, v. 2 Où jadis pour aymer les *Roys* fussent allez (3).
(Desespoirs amoureux : Esloigné de vos yeux..., Ie p.).

st. 1, v. 1 Dans ce *lieu* où ma passion (4)
Me met dedans le cœur les beautez de ma dame,
Je bénissois l'Amour, encore que sa flame
Destournast ma dévotion.
st. 2, v. 1 Au lieu de *tirer vers les Cieux*
J'honorois, vous voyant, l'image de Diane (5).
(Stances, Ie p.).

Pour trouver le meilleur, il faudroit bien choisir ;
v. 28 Ne crois point que les *Rois* soient si pleins de loysir (6).
(Seconde satyre : Cognois-tu ce fascheux...., Ie p.).

Car le bonheur d'aymer en si bon lieu
v. 84 Passe la gloire et *l'heur d'un demy-Dieu* (7).
(Elégie : Chère Philis, j'ay bien peur........., Ie p.).

Combien c'est d'honneur d'aymer en si bon lieu,
v. 4 Je m'estime aussi grand et *plus qu'un demy-Dieu* (8).

.   .   .   .

---

(1) Texte de 1621 : Je croy que les *Dieux* et les hommes
(2)   id.   Qu'un *Dieu* mesme te vint offrir
(3)   id.   Où jadis pour aymer les *Dieux* fussent allez
(4)   id.   Dans ce *temple* où ma passion
(5)   id.   Au lieu de *penser à nos Dieux*
                    J'adorois, vous voyant, l'image de Diane
Ces stances ont été niées par Théophile, interrogatoire — le premier — du 22 mars 1624, voir *Le Procès de Théophile*, T. 1, pp. 384 et 385.
(6) Texte de 1621 : Ne crois point que les *Dieux* soient si pleins de loisir
La seconde satyre a été niée par Théophile, interrogatoire — le premier — du 22 mars 1624, voir *Le Procès de Théophile*, T. I, pp. 377 et 378.
(7) Texte de 1621 : Passe la gloire et *le repos d'un Dieu*
Ces vers ont été avoués par Théophile, ils avaient été incriminés dans l'interrogatoire — le premier — du 22 mars 1624, voir *Le Procès de Théophile*, T. I, pp. 384 et 385.
(8) Texte de 1621 : Je m'estime aussi grand et *plus heureux qu'un Dieu*

> v. 35 En telle bienveillance un *Roy* m'offenseroit (1)
> Et je me vengerois du bien qu'il me feroit.

. . . .

> v. 61 Je ne recherche point des *Cieux* ny de fortune (2)

. . . .

> v. 87 Mon ombre ne feroit qu'injurier les *Cieux* (3)
> (Elégie : Aussi souvent qu'Amour......, I^e p.).

> str. 4, v. 5 O *Rois* qui gouvernez nos cœurs,
> Si vous n'estes des *Rois* mocqueurs
> Où des *Rois* sans miséricorde,
> Remettez-vous dans ma *Raison* (4) ;
> Ou faictes enfin qu'on m'accorde
> Ou la mort, ou la guarison.
> (Ode : Enfin mon amitié se lasse, I^e p.),

> Pour un mauvais regard que m'a donné mon Ange
> Je voy déjà sur moy mille foudres pleuvoir,
> v. 13 *Je n'attens que la mort* qui contre moy se venge (5)
> Depuis que ma Philis se fasche de me voir.
> (Sonnet : Si j'estois dans un bois...., I^e p.).

> Qui voudra pense à des empires,
> Et avec des vœux mutins,
> S'obstine contre ses destins
> Qui tousjours lui deviennent pires

(1) Texte de 1621 : En telle bienveillance, un *Dieu* m'offenseroit.
Ces vers niés par Théophile ont été incriminés dans le premier interrogatoire, 22 mars 1624, voir *Le Procès de Théophile*, T. I, p. 385.
(2) Texte de 1621 : Je ne recherche point de *Dieux* ni de fortune
Ce vers et les trois qui suivent avaient été niés par Théophile, ils ont fait l'objet d'une question de l'interrogatoire — le premier — du 22 mars 1624, voir *Le Procès de Théophile*, T. I, p. 378.
Voici les trois vers non modifiés par Esprit Aubert :
Ce qu'ils font (les Dieux) au dessous et par dessus la Lune
Pour le bien des mortels ; tout m'est indifférent,
Excepté le plaisir que ma peine me rend.
(3) Texte de 1621 : Mon ombre ne feroit qu'injurier les *Dieux*
(4)   id.   O *Dieux* qui gouvernez nos cœurs !
Si vous n'estes des *Dieux* mocqueurs
Ou des *Dieux* sans miséricorde,
Remettez-moy dans ma *maison*...
Les quatre premiers vers ont été niés par Théophile, interrogatoire — le premier — du 22 mars 1624, voir *Le Procès de Théophile*, T. I, pp. 379 et 380.
(5) Texte de 1621 : *De la mort de son fils Dieu* contre moy se venge.
Ces vers ont été niés par Théophile, interrogatoire — le premier — du 22 mars 1624, voir *Le Procès de Théophile*, T. I, p. 380.

Moy, je demande seulement
Du plus sacré vœu de mon âme,
v. 7 Qu'il plaise aux *Cieux* et à ma Dame
Que je *l'ayme* éternellement (1).
(Epigramme, I[e] p.).

Jeune et victorieux monarque
De qui les glorieux exploits
str. 1, v. 3 *Donnent à l'Europe des lois* (2)
Et de la frayeur à la Parque.
(Ode au Roy sur son retour de Languedoc, IIe p.).

Je jure l'air, la terre et l'onde,
str. 10, v. 6 Je jure tous les *rois* du monde (3)
Que ny force, ny trahison....
(Ode : Cloris, pour un petit moment, IIe p.).

Le Ciel nous donne la *grandeur*
Pour une marque de sa grace,
str. 5, v. 3 C'est par où sa *saincte candeur*
Marque *tous les jours* un peu sa trace,
Tous les *esprits* les mieux formez (4)
Doivent être les mieux aymez....
(La Maison de Sylvie, ode IV : Chaste oyseau que ton
[amitié, IIIe p.).

Et gaigner l'assiette d'un lieu
Qui ne pouvoit estre forcée
str. 10, v. 10 Que *de toy* ou *d'un demy-Dieu !* (5)
(Combat naval devant la Rochelle, ode : Belle Nymphe
[des fleurs de Lis).

(1) Texte de 1621 : Qu'il plaise aux *Dieux* et à madame
Que je *brusle* éternellement.
Cette épigramme a fait l'objet d'une question non posée du projet d'interro-
gatoire de Mathieu Molé (partie non autographe) : *Que son Ange n'est autre que
sa vilaine et pis encore.*
(2) Texte de 1623 : *Dont les exploits si glorieux*
Ont donné de l'envie aux Dieux
(3) id. Je jure tous les *Dieux* du monde.
(4) id. 1630 : Le Ciel nous donne la *beauté*
Pour une marque de sa grâce,
C'est par où sa *divinité*
Marque *tousjours* un peu sa trace,
Tous les *objets* les mieux formez.
(5) id. Que *par toy seul, ou par un Dieu*
La correction n'est indiquée par Esprit Aubert qu'à l'errata qu'il a placé à la
fin de son édition.

Empire des Cieux

Et qu'un de tes regards ne vaut mille fois mieux
v. 112 Que le gouvernement de *ces terrestres lieux* (1)
(Elégie : Ne me fais point aimer...., IIe p.).

Faveurs

Vrayment je suis heureux qu'elle m'ait contenté
v. 48 Par toutes les *fureurs* que donne une beauté (2).
(Elégie à M. de Pesé : Unique confident...., IIe p.)

Flammes secretes

Mais quand des ames indiscrettes
S'amuseraient à discourir
str. 18, v. 3 De nos flammes *pures et nettes*, (3)
Elles ne doivent pas mourir.
(A Cloris, ode : Aussi franc d'amour...., I^e p.).

Foudres murmurans

Je suis plus craintif que vous n'estes
Et crains que les destins jaloux
Ne donnent un langage aux bestes
Pour leur faire parler de nous.
Une ombre, un rocher, un zephyre
Parlent tout haut de mon martyre
str. 20, v. 7 Et quand les *arrêts des grands Roys*
Menacent le péché du monde
Je croy que *leur colère* gronde
Du service que je vous *doibts* (4).
(A Cloris, ode : Aussi franc d'amour...., I^e p.).

Foy

Ces poëtes resveurs par leur plume hypocrite,
De tous ces vieux héros ont trompé le mérite,

(1) Texte de 1623 : Que le gouvernement de *l'empire des Cieux.*
(2) id.   Par toutes les *faveurs* que donne une beauté
(3) id. 1621 : De nos flammes *les plus secrettes*
(4) id.   Et quand les *foudres murmurans*
                 Menacent le péché du monde
                 Je croy que le *tonnerre* gronde
                 Du service que je vous *rends !*

v. 27 Et sans *aucun effort* laissans mille tesmoins (1)
Ils nous en disent plus, mais en font croire moins.
(Elégie à M. de C.... : Quand la divinité...., I^e p.).

Idolâtrie

O Dieux, pourray-je bien sans vous fascher un peu
Suivre les mouvements de mon aveugle feu,
Desjà comme l'amour m'engage à *son service*
v. 72 Je croy que l'adorer n'est pas *commettre un vice* (2) ;
Deussé-je despister votre divin couroux
Tout ce que j'en veux dire est au-dessous de vous.
(Elégie : Souverain qui régis...., IIe p.).

v. 73 Je pense, en *l'honorant*, que mon *obéissance*
A beaucoup mérité,
Et j'aymerois bien mieux *avoir quitté la France* (3)
Que l'avoir irrité.
(Pour Mademoiselle de M. . . . . : Je suis bien jeune
encor...., I^e p.).

Si tu souffrois qu'on t'adorat,
str. 6, v. 10 On verroit cette *flatterie*
Sans que le *Monde* en murmurat (4).
(Combat naval devant La Rochelle : Belle nymphe des
[fleurs de Lys).

Imposture

Ainsi malgré *mes tristes nuicts*,
str. 7, v. 2 Et *ma captivité* cruelle,
Thyrsis, et moy goustons les fruicts

---

(1) Texte de 1621 : Et sans *aucune foy* laissans mille tesmoins.
(2)   id.   1623 : Desjà comme l'amour m'engage à *la furie*
Je croy que l'adorer n'est pas *idolatrie.*
Ce dernier vers de Théophile a été l'objet d'une question non posée du projet
d'interrogatoire de Mathieu Molé (partie non autographe).
(3) Texte de 1621 : Je pense, en *l'adorant*, que mon *idolatrie*
A beaucoup mérité,
Et j'aymerois bien mieux *mettre à feu ma patrie*
Que l'avoir irrité.
Ces vers ont fait l'objet d'une question non posée du projet d'interrogatoire
de Mathieu Molé (partie non autographe).
(4) Texte de 1630 : On verroit cette *idolatrie*
Sans que le *Ciel* en murmurat.

D'une amitié *saincte* et fidelle (1).
Rien ne sépare nos desirs
Ny nos ennuis ny nos plaisirs....
(La Maison de Sylvie, ode IV : Chaste oyseau que ton
[amitié, IIIᵉ p.).

Infâme

Ce garçon aux vestemens noirs,
Qui sembloit sortir des manoirs
Qui ne s'ouvrent qu'à la magie,
Lors qu'il parla de mon tombeau
str. 13, v. 9 Predisoit *l'apprêté* flambeau (2)
Qui consuma mon effigie.
(Id. , ode V : Damon, dit-il, j'estois au lit, IIIᵉ p.).

Juges, justice.

str. 24, v. 6 *Mon innocence* sent l'effort
Du tourment qui me *cruelize,*
En nulle part on n'a souffert,
Une procédure *concise,*
Comme celle-cy qui me perd (3).
(Requeste au Roy : Au milieu de mes libertez, IIIᵉ p.).

Depuis, tousjours tout enchaisné.
Soixante archers m'ont amené
Par les bruits de la populace
Dedans ce ténébreux manoir
str. 16, v. 9 Où ce sang et des *hommes* noirs (4)
M'avoient desjà marqué la place.
(La Maison de Sylvie, ode V : Damon, dit-il...., IIIᵉ p.) .

(1) Texte de 1630 : Aussi malgré *ces tristes bruits*
Et leur *imposture* cruelle,
Thyrcis et moi goustons les fruicts
D'une amitié *chaste* et fidelle.
(2)   id.   Prédisait *l'infâme* flambeau
(3)   id.   *Vostre justice* sent l'effort
Du tourment qui me *desespère*
En France, on n'a *jamais* souffert
Cette procédure *estrangere*
Qui vous offense et qui me perd.
Les exigences de la rime ont fait mettre *concise* à Esprit Aubert pour une
procédure qui a duré deux années !
(4) Texte de 1630 : Où ce sang et les *juges* noirs.

Lascive

Tu seras le refus de tous les courtisans,
Les plus sots laisseront ta passion oysive,
v. 7 Et tes desirs honteux, d'une amitié *pressive* (1)
Tenteront un valet à force de présens.
(Sonnet : Ton orgueil peut durer...., I° p.).

(Caliste) M'a quelquefois prié de luy donner des vers
Où tout le monde veid tout nos desirs ouvers,
v. 45 De luy faire une image où *l'honneur qui l'avive* (2)
Après nos derniers jours parust encore vive.
(Elégie à M. de Pesé : Unique confident...., IIe p.).

Momens secrets

Je te veux conjurer avec des vœux discrets
v. 234 De passer avec moy quelques *serments sacrés* (3).
(Elégie : Souverain qui régis...., IIe p.).

Nu, nudité

Dans ce petit moment, ô songes ravissans !
Qu'amour vous a permis d'entretenir nos sens,
v. 11 J'ay *creu d'entretenir une dame inconnue* (4).
(Sonnet : Ministre du repos, sommeil...., IIe p.).

Paradis

Je vous *honore*, et *n'ayme* que vos yeux,
v. 72 *L'Escurial* ne me plairoit pas mieux (5).
(Elégie : Enfin guéry d'une amitié funeste, Ie p.).

(1) Texte de 1621 : Et tes desirs honteux, d'une amitié *lascive*
(2)   id. 1623 : De luy faire une image où *cette humeur lascive*
(3)   id.   De passer avec moy quelques *momens secrets*
(4)   id.   J'ay *tenu dans mon lict Elise toute nüe*
(5)   id. 1621 : Je vous *adore* et *jure* vos beaux yeux
                  Qu'un Paradis ne me plairoit pas mieux.
Ces vers ont été niés par Théophile, interrogatoire — le premier — du 22 mars 1624, voir *Le Procès de Théophile*, T. I, p. 385. Ils faisaient également l'objet d'une question non posée du projet d'interrogatoire de Mathieu Molé (partie non autographe) : *Son Paradis, sa jouissance, ne pense pas qu'il dut changer l'un pour l'autre.*

Passetemps

Sans *aucun* fondement *leur* envieuse rage
st.. 19, v. 2 *A éclairé par tout les secrets de* mon aage (1).
(Plainte de Théophile à un sien amy.... : Tircis, tu
[cognois bien...., IIIᵉ p.).

Persécuté

Et quand mon juste Roy n'aura plus de cholère
v. 68 *Ceux qui m'ont poursuivi tascheront* de me plaire (2).
(Elégie : Je pensois au repos...., Iᵉ p.).

Pomme (la première)

Les sœurs de Phaeton ne pleuraient point la gomme,
Les Géans n'avoient point monté sur Pélion,
Et celuy qui *planta la vigne et son scion*
v. 8 *N'avoit encor enté le pruneau ny la pomme* (3).
(Sonnet : On n'avoit point posé...., IIᵉ p.).

Race (des Jésuites)

str. 3, v. 1 Vous sçavez qu'une injuste *envie*
Veut ores faire de ma vie
Le jouët d'un *siècle* trompeur (4),
Et que leurs perfides menées
Dont les plus résolus ont peur
Tiennent nos Muses enchaisnées.

. . . .

str. 7, v. 1 Que si cette *rage* ennemie (5)
Me laisse, après tant d'infamie
Dans les termes de me venger.
(Prière aux poëtes de ce temps : Vous à qui...., IIIᵒ p.).

---

(1) Edit. orig. de 1623 : Sans *autre* fondement *qu'une* envieuse rage
Contre des passe-temps où m'a porté mon âge.
Les vers de Théophile qui suivent ont été supprimés par Esprit Aubert, voir
Suppressions.
(2) Texte de 1621 : *Qui m'a persécuté taschera* de me plaire
(3)   id.   1623 : *Et celuy qui causa nostre rebellion*
N'avoit pas mis la dent sur la première pomme.
(4)   id.   1630 : *Vous sçavez qu'une injuste race*
Maintenant fait de ma disgrace
Le jouet d'un zele trompeur.
(5)   id.   *Que si cette race ennemie*

L'énorme suite de malheurs !
str. 31, v. 2 Dois-je donc *à mes adversaires* (1)
    Tant de fievres et tant de pleurs,
    Tant de respects, tant de prières....
       (Lettre à son frère : Mon frère, mon dernier appuy,
                                   [III° p.).

Religieux ou Jésuites

str. 6, v. 1 Le billet de *mes Envieux* (2)
    Respecté comme des patentes,
    Fit espier en tant de lieux
    Le Porteur des Muses errantes,
    Qu'à la fin deux méchants Prevosts
    Forts grands voleurs, et *mal* devots,
    Tous couvers de fange et de crottes,
    Mirent la main sur mon collet
    Et me garottant de Manottes (3)
    Pillèrent jusqu'à mon vallet.

. . . .

str. 19, v. 1 Qu'on remonstre *à mes Envieux,*
    A qui mon nom semble un blasphème,
    Que leur *but* est injurieux
    De vouloir m'oster le Baptesme,
    Que les crimes qu'ils ont *lâchez* (4)
    (Inconnus aux plus desbauchez)
    Sont controuvez pour me destruire.

. . . .

    Que c'est un procédé nouveau
str. 21, v. 2 Dont *l'Envie* estoit incapable (5)
    De foüiller l'air, la terre et l'eau,
    Pour rendre un innocent coulpable ;
    Qu'autrefois on a pardonné

(1) Texte de 1630 : Dois-je donc *aux races meurtrières.*
(2)   id.   Le billet *d'un religieux*
(3)   id.   Forts grands voleurs, et *tres* devots
                    Priant Dieu comme des apostres
                    Mirent la main sur mon collet,
                    Et tous disans leurs patenostres
(4)   id.   Qu'on remonstre *aux religieux*
                    A qui mon nom semble un blaspheme,
                    Que leur *zele* est injurieux
                    De vouloir m'oster le Baptesme,
                    Que les crimes qu'ils ont *preschez.*
(5)   id.   Dont *Ignace* estoit incapable

A l'Echolier désordonné
Et quelques-uns de nos Poëtes (1)
Qui se trouvèrent convaincus
D'avoir sacrifié des bestes
Devant l'idole de Bachus.

. . . .

Que l'honneur, la pitié, le droict.
Sont violez en ma poursuite,
str. 23, v. 3 Et que certain *Homme* voudroit (2)
N'avoir point empesché ma fuite....
          (Requeste au Roy : Au milieu de mes libertez, III⁰ p.).

Lors que d'un si subit effroy
str. 9, v. 2 *Les plus emeus de la Manie* (3),
Au milieu des faveurs du Roy
Osèrent menacer ma vie,
Et que pour me voir opprimé
Le Parlement mesme animé
Des rapports de la Calomnie,
Sans pitié me vit combattu
Des ennemis de ma vertu
Par tous les efforts de l'Envie (4).
          (La Maison de Sylvie, ode IV : Chaste oyseau..., III⁰ p.).

Rome

str. 5, v. 1 L'odeur de ces fleurs passeroit
Le musc de *Cypre* et de Castille (5).
          (Id. , ode VI : Ainsi prophétisa Thyrsis, III⁰ p.).

Sacrée

Un mesme train de vie au plus constant n'agrée ;
v. 46 La prophane nous fasche autant que la *sucrée* (6).
          (Satyre première : Qui que tu sois...., I⁰ p.).

(1) Texte de 1630 : *Ce Carnaval* désordonné
          De quelques-uns de nos Poëtes.
Il est probable que c'est par sympathie pour Ronsard qu'Esprit Aubert a modifié ces deux vers qui font allusion au *Voyage d'Hercueil.*
(2) Texte de 1630 : Et que certain *Père* voudroit
(3)   id.   *Les plus noirs enfans de l'Envie*
(4)   id.   *De la secrette tyrannie.*
          Des ennemis de la vertu.
(5)   id.   Le musc de *Rome* et de Castille.
(6) Texte de 1621 : La prophane nous fasche autant que la *sacrée*

Saint-Esprit (le)

Le Ciel par de si beaux crayons
Marque le fil de vos harangues,
Qu'on y void les mesmes rayons
Du grand thrésor de tant de langues
str. 10, v. 5 *Que la Nature peut donner*
A tous ceux qu'elle veut orner.... (1)
(Très humble requeste à Mgr le Premier Président :
[Privé de la clarté...., IIIᵉ p.).

Satyre (2)

v. 1 Qui que tu sois de grâce escoute, *je te prie,*
Ce que tu dois sçavoir, lisant ceste Elégie (3).
(Satyre première, Iᵉ p.).

v. 67 Qui ne lict *mon discours,* il n'en est pas tancé (4).
(Seconde satyre : Cognois-tu ce fascheux...., Iᵉ p.).

Sort

Mes langueurs, mes douces furies
str. 5, v. 2 Quel *soin,* quel Dieu, quel élément (5)
Nous ostera l'aveuglement
De vos charmantes resveries ?
(A Cloris, ode : Aussi franc d'amour:...., Iᵉ p.).

Mes plus sobres repas méritent des censures
Par tout ma liberté ne sent que des morsures
st.. 24, v. 3 Il est vray que mon *Etre a* cecy *de* mauvais (6) :
C'est que beaucoup de gens sçavent ce que je fais.
(Plainte de Théophile à un sien amy.... : Tircis, tu
[cognois bien...., IIIᵉ p.).

Et vous, mille ou plus, que j'adore
Que mon dessein veut joindre encore

(1) Texte de 1630 : *Qu'il versa par le sainct Esprit*
Aux disciples de Jésus-Christ.
(2) Esprit Aubert a proscrit le mot *satyre,* il a qualifié d'*élégies* les deux
satyres de Théophile.
(3) Texte de 1621 : Qui que tu sois, de grâce, escoute *ma satyre*
Si quelque humeur joyeuse autre part ne t'attire.
(4)   id.   Qui ne lict *ma satyre,* il n'en est pas tancé .
(5)   id.   Quel *sort,* quel Dieu, quel élément
(6) Edit. orig. de 1623 : Il est vrai que mon *sort en* cecy *est* mauvais.

A ces Genies vigoureux,
De qui je tache icy la gloire
str. 23, v. 5 Pour ce que le *temps* malheureux (1)
Les a fait choir à ma mémoire.
(Prière aux poëtes de ce temps : Vous à qui de fresches
[vallées, IIIᵉ p.).

Certains feux de divinité
Qu'on nommait autresfois Genies
D'une invisible affinité
Tiennent nos fortunes unies,
Quelque visage différent
str. 8, v. 6 Quelque *esclandre trop* apparent
Qui se lise en *nos* adventures, (2)
Sa raison et son amitié
Prennent aujourd'huy la moitié
De ma honte et de mes injures.
(La Maison de Sylvie, ode IV : Chaste oyseau..., IIIᵉ p.).

Tonnerre

S'il vous plaist que le monde uniquement vous ayme,
Si vous voulez (les Dieux) purger la terre du blasphème,
Faire que les mortels rendent la liberté
De leurs desirs pervers à vostre volonté,
v. 79 *Sans mettre les effects de justice en usage,*
Changez-vous en Cloris, *et prenez son visage* (3).
(Elégie : Souverain qui régis...., IIᵉ p.).

Volupté

Cloris, pour *un* petit moment
str. 1, v. 2 *De ton abbord moins fantastique*
Croys-tu que mon esprit *s'applique,*
A t'aymer éternellement ?

(1) Texte de 1630 : Pour ce que le *sort* malheureux
(2)   id.   Quelque *divers sort* apparent
                Qui se lise en *mes* adventures.
(3)   id.   1623 : *Sans les espouvanter de l'esclat du tonnerre,*
                Changez-vous en Cloris, *et venez sur la terre.*
Ces six vers avaient fait l'objet d'une question non posée du projet d'interrogatoire de Mathieu Molé (partie non autographe) : *Que s'ils veulent purger la*
terre de blasphème, il faut qu'ils se changent en elle pour être adorés en elle.

Lorsque *tes fureurs* sont passées (1)
La raison change mes pensées
(Ode, IIe p.).

Au milieu de mes libertez
Dans un plein repos de ma vie
str. 1, v. 3 Où mes plus molles *vanitez* (2)
Sembloient avoir passé l'envie....
(Requeste au Roy, IIIe p.).

NOMS

Augustin (saint)

str. 20, v. 1 *Grand Prélat,* ouvre icy tes yeux : (3)
Je proteste devant les Cieux
(La Pénitence de Théophile : Aujourd'huy que les
⌊courtisans, III^{le} p.).

Garassus (le Père)

str. 12, v. 1 Qu'un homme de *très* grand esprit
(Mais desireux de ma disgrâce)
Disoit en *ruë* et par escrit (4)
Que j'estois mort par contumace.
(Requeste au Roy : Au milieu de mes libertez, III^{le} p.).

Job

str. 6, v. 8 *Un autre* plus homme de bien (5)
Accusa le Ciel d'injustice.
(Au Roy, sur son exil, ode : Celuy qui lance...., I^e p.).

(1) Texte de 1623 : Cloris pour *ce* petit moment
D'une volupté frénétique,
Croys-tu que mon esprit *se pique*
De t'aymer éternellement,
Lors que *mes ardeurs* sont passées....
(2)   id.   1630 : Ou mes plus molles *voluptez*....
(3)   id.   *Augustin,* ouvre icy tes yeux
Esprit Aubert a corrrigé ce vers uniquement parce que Théophile n'avait pas
fait précéder le nom d'Augustin du mot *Saint !*
(4) Texte de 1630 : Qu'un *saint* homme de grand esprit
Enfant du bien heureux Ignace
Disoit en *chese* et par escrit.
(5)   id.   1621 : *Job qui fut tant* homme de bien

La Rochefoucauld (le cardinal de)

str. 18, v. 5 Et que *mon plus grand ennemy*
Se rendant enfin mon amy (1)
Pour l'amour de Dieu se retienne.
(Requeste au Roy : Au milieu de mes libertez, IIIᵉ p.).

AUTRES CORRECTIONS

Et les champs les plus impuissans
str. 8, v. 6 Nous donneront *le poivre* et l'encens (2).
(A M. le marquis de Boquingnant, ode : Vous par
[qui...., Iᵉ p.).

Les astres les plus doux ont conjuré ma perte,
v. 6 Je n'ay plus *aucun* soutien (3).
(A Philis, stances : Ha ! Philis que le Ciel...., Iᵉ p.).

v. 1 Que mon *esprit* est foible et ma raison confuse (4).

. . . .

Et je suis en fureur, quand mon discours s'essaye
v. 8 De *finir* mon malheur (5).
(Stances : Iᵉ p.).

Vous me l'avez promis, et sur ceste promesse,
v. 63 Je fausse ma *parole* aux vierges de Permesse (6).

. . . .

v. 124 Mais en fin, grâce *à Dieu*, je m'en suis retiré (7).
(Elégie. A une dame : Si vostre doux accueil...., Iᵉ p.).

Estime ton mérite, il vaut mieux que le Gange,
v. 30 *Ces biens* au prix *de toy* sont de terre et de fange (8).

. . . .

(1) Texte de 1630 : Et que *Monsieur le Cardinal*
Après m'avoir fait tant de mal.
(2) id. 1621 : Nous donnent *l'yvoire* et l'encens
(3) id. Je *ne scay* plus nul soustien
Ce vers faux a été modifié également dans l'éd. Scudéry, 1632 :
Je n'ay plus *nul* soustien
(4) Texte de 1621 : Que mon *espoir* est foible et ma raison confuse
(5) id. De *ruyner* mon malheur
(6) id. Je fausse ma *promesse* aux vierges de Permesse
Esprit Aubert a voulu éviter la répétition de : promesse.
(7) Texte de 1621 : Mais en fin, grâce *aux Dieux*, je m'en suis retiré
(8) id. *Tes richesses* au prix sont de terre et de fange

Si d'un esprit commun le Ciel t'avoit fait naistre,
v. 43 Je serois bien marry de t'avoir pour *mon* maistre (1).

. . . .

v. 105 Je serois glorieux d'avoir *peint* ton image (2).
(Elégie : Desjà trop longuement...., Ie p.).

v. 79 *Et de* pensers à vos yeux incogneus (3).
(Enfin guéry d'une amitié funeste, Ie p.).

Esprits heureux qui n'avez plus d'envie !
Là-bas noyant vos maux en vos erreurs,
Vous trouvez bien plus douces vos fureurs.
v. 118 Tristes forçats qui *ramez sur* ce gouffre,
Souffrez-vous bien les peines que je souffre ?
v. 120 Par *le sujet de vos tristes ennuis* (4)
Etes-vous bien aussi morts que je suis ?
(Elégie : Chère Philis, j'ay bien peur que tu meures,
[Ie p.).
v. 29 Je m'ayme ainsi captif en l'amour qui me lie,
Je benis ma prison, je cheris ma folie (5).

. . . .

v. 52 Plus on presse mon mal, plus il *se tient* dedans (6)
(Elégie : Aussi souvent qu'Amour...., Ie p.).

Et nous dirons par tout qu'un si rare navire
st.. 5, v. 4 Ne fut jamais chargé d'un si *riche* butin (7).
(Les Nautonniers : Les amours plus mignards..., Iᵃ p.).

Les Dieux qui peuvent tout *dessous nos* destinées,
v. 112 *Nous mandent* mille maux *pour borner* nos années (8).

. . . .

(1) Texte de 1621 : Je serois bien marry de t'avoir *eu* pour maistre
(2)   id.   Je serois glorieux d'avoir *prins* ton image
(3)   id.   *Mille* pensers à vos yeux incognus
(4)   id.   Tristes forçats qui *remplissez* ce gouffre,
                   Souffrez-vous bien les peines que je souffre ?
                   Pasles subjets des éternelles nuicts,
                   Etes-vous bien aussi morts que je suis ?
La correction d'Esprit Aubert a été faite seulement à l'errata de son édition.
(5) L'édition originale de 1621 et les éditions de Grenoble-Lyon ne renferment pas les deux vers suivants qu'Esprit Aubert a remplacés par ceux ci-dessus :
                   Je hay la liberté, j'ayme la servitude
                   Et à la conserver gist toute mon étude.
(6) Texte de 1621 : Plus on presse mon mal, plus il *fuit au* dedans.
(7)   id.   Ne fut jamais chargé d'un si *rare* butin
(8)   id.   1623 : Les Dieux qui peuvent tout *avec* les destinées
                   S'aident de mille maux et *de beaucoup* d'années

v. 148 J'entens *qu'un saint Hymen corone* mon service,
Je pense qu'autrement *l'Amour se joint au* vice,
Que Dieu hait *les* esprits qui *ne sont pas* devots,
Et que *le fol Amour* est *le propre* des sots (1).

.   .   .   .

Sans me plaindre si for:, j'ay ce coup *si* profond
v. 290 *Qu'à t'aymer ma raison se perd et se confond* (2).
(Elégie : Souverain qui régis...., IIe p.).

Si tu sçavois combien cela me fait de peine
v. 23 Combien ceste fureur *degoust'* une âme saine (3).

.   .   .   .

Comparant ta franchise avec sa trahison,
v. 65 *Et toutes les vertus avec son demérite* (4).

.   .   .   .

v. 85 Ces plaisirs *tant aimés* de nostre *humain* génie (5)
(Elégie à M. de Pesé : Unique confident...., IIe p.).

v. 4 Si j'ay souffert *d'ennuy,* console-moy *un* jour (6).

.   .   .   .

Moy qui toute la nuict, offusqué de tes charmes
v. 26 *Distille les pavots du sommeil en des larmes* (7).

.   .   .   .

On dit que le Soleil sortant du sein de l'onde
Pour rendre l'exercice et la lumière au monde,
Dissipe à son réveil ceste confuse erreur
De songes de la nuict qui nous faisoient horreur.
v. 37 Mais *que* nous *guérissions* à l'aspect de sa flame (8),
Ces petites frayeurs ne percent point dans l'âme ;
Ce n'est qu'un peu de bile et de froide vapeur,

---

(1) Texte de 1623 : J'entens *que le salaire esgale* mon service ;
                       Je pense qu'autrement *la constance est un* vice,
                       Qu'Amour hait *ces* esprits qui *luy sont trop* devots,
                       Et que *la patience* est *la vertu* des sots.
La correction d'Esprit Aubert a été faite seulement à l'errata de son édition.
(2) Texte de 1623 : Sans me plaindre si fort j'ay ce coup *plus* profond
                       Que les autres morteis, j'ayme mieux qu'ils ne font
(3)   id.   Combien ceste fureur *déguise* une ame saine
(4)   id.   *Ses imperfections avecque ton mérite*
(5)   id.   Ces plaisirs *qu'aime tant* nostre *commun* génie
(6)   id.   Si j'ay souffert *la nuict,* console-moy *le* jour
(7)   id.   *Les pavots du sommeil ay distillés en larmes*
(8)   id.   Mais *quand* nous *guérissons* à l'aspect de sa flame

v. 40 *Qu'il* peint légèrement des visions de peur (1).

. . . . : . . . .

J'en tire le plaisir de peindre en mon ouvrage
v. 78 Tous les traicts de *ton* âme et de ton beau visage (2)
    (Elégie : Ne me fais point aimer...., IIᵉ p.).

v. 18 Amour, ce confident de ma *belle* maistresse (3)
    (Elégie : J'ay faict ce que j'ay peu...., IIᵉ p.).

Que le cœur le plus débauché
str. 2, v. 5 Contente la plus *sotte* envie (4)
Que luy fournisse le péché.
    (La Pénitence de Théophile : Aujourd'huy que les cour-
                        [tisans, IIIᵉ p.).

Et qu'une âme innocente en un corps languissant
st. 1, v. 10 Ne trouve point de *prise* aux douleurs qu'elle sent (5).

. . . .

Pressé d'un si honteux outrage,
Je cherche au fond de mon courage
Mes secrets les moins paroissans ;
st. 5, v. 4 *Et pense* à toutes les délices (6)
Où se sont emportez mes sens.
    (Requeste à N. S. du Parlement : Celuy qui briseroit
                        [les portes, IIIᵉ p.).

Privé de la clarté des Cieux
Sous l'enclos d'une voûte sombre,
st. 1, v. 3 Où *l'estendue* de mes yeux
Est dans l'espace de mon ombre (7) ;

. . . .

Si Verdun ouvre un peu ses yeux
st. 8, v. 6 Quel esprit *si fort* captieux (8) :
Pourra mordre à sa conscience ?
    (Très humble requeste à Mgr le premier Président :
                      [Privé de la clarté...., IIIᵉ p.).

(1) Texte de 1623 : *Qui* peint légèrement des visions de peur
(2)   id.   Tous les traicts de *mon* ame et de ton beau visage
(3)   id.   Amour ce confident *rusé* de ma maistresse
(4)   id.   1630 : Contente la plus *molle* envie
(5)   id.   Ne trouve point de *crise* aux douleurs qu'elle sent
(6)   id.   *Je songe* à toutes les délices
(7)   id.   Où *les limites* de mes yeux
                           Sont dans l'espace de mon ombre
(8)   id.   Quel esprit *un peu* captieux

     Amy ferme, ardent, généreux,
     Que mon sort le plus malheureux
str. 1, v. 7 Pique *d'aventure* à le suivre (1)

    . . . .

     Au matin, mon premier object,
     C'est la cholère insatiable
     Et le long et cruel projet
     Dont m'attaquent les fils du diable,
str. 7, v. 5 Et peut estre ces *gros* lutins (2)
     Que la haine de mes destins
     A trouvé si prompts à me nuire.
     (Lettre à son frère : Mon frère, mon dernier appuy,
                  [IIIe p.).

     Je sçay que les plus fiers orages
str. 8, v. 8 *N'oseront jamais les toucher* (3).
     (La Maison de Sylvie, ode I : Pour laisser...., IIIe p.).

str. 8, v. 9 *Par un spécial* privilège
     Portèrent tousjours sa couleur (4)
     (Id. , ode II : Ils s'estiment heureux, IIIe p.).

     O que le desir aveuglé
str. 6, v. 2 Où l'ame du *vulgaire* aspire (5)
     Est loin du mouvement reglé
     Dont le cœur vertueux souspire !
     (Id. , ode IV : Chaste oyseau...., IIIe p.).

     Ainsi mes esprits transportez,
str. 7, v. 6 Se trouvent tout *desconcertez* (6)
     Quand une beauté me regarde,

    . . . .

     Me tient dans ce parc enchanté,
str. 9, v. 8 Où le Printemps le plus *gasté* (7)
     Tousjours cinq ou six mois s'amuse.
     (Id. , ode VI : Ainsi prophetisa Thyrsis, IIIe p.).

     Mais la douleur des bons esprits
str. 6, v. 9 Qui laisse *d'éternels escrits*

(1) Texte de 1630 : Picque *d'avantage* à le suivre
(2) id.   Et peut-estre ces *noirs* lutins.
(3) id.   *Ne les oseront pas toucher.*
(4) id.   *Ils receurent* le privilège
           De porter tousjours sa couleur
(5) id.   Où l'âme du *brutal* aspire
(6) id.   Se trouvent *tous desconfortez*
(7) id.   Où le Printemps le plus *hasté*

Ne guérit que par la vengeance (1)

. . . .

Mais icy mes vers glorieux
str. 9, v. 2 D'un object beau *comme* les anges (2)
(Id. , ode VIII : Sur tous le rossignol outré, IIIe p.).

v. 251 Là tu verras un fonds où le *rustaud* moissonne (3)
Mes petits revenus sur les bords de Garonne
(Elégie : Souverain qui régis...., IIe p.).

Je reverray fleurir nos prez,
Je leur verray couper les herbes,
Je verray quelque temps après
str. 24, v. 4 Le *rustaud* couché sur les gerbes (4)
(Lettre à son frère : Mon frère, mon dernier appuy,
[IIIe p.).

str. 1, v. 3 Et que *l'envie* est enragée (5)
A me persécuter si fort.

. . . .

str. 2, v. 3 *J'ay des livres et des leçons,*
Mes Muses sont par trop éparses (6)

. . . .

str. 3, v. 1 *La justice après moy* chevauche (7)
Je fais rencontre d'un Sergent,
Je viens de perdre mon argent
v. 4 *Tant* j'ay veu le croissant à gauche (8).
(Parnasse satyrique. Satyre : Que mes jours ont un
[mauvais sort).

(1) Texte de 1630 : Qui laisse *des souspirs escrits*
Guérit avecques la vengeance
(2)   id.   D'un object *plus* beau *que* les anges
(3)   id.   1623 : Là tu verras un fonds où le *Paysan* moissonne
(4)   id.   1630 : Le *paysan* couché sur les herbes
(5) Texte du Parnasse satyrique, 1622 : Que *la fortune* est enragée
                                        De me persécuter si fort
(6)   id.   *F..... des c.... et des garçons !*
                                  Maugrebieu des c... et des garces !
Il est question de cette strophe dans la déposition de Pierre Guibert, boucher,
du 29 avril 1624 (voir *Le Procès de Théophile.* T. I, p. 414) et dans l'interrogatoire — le sixième — du 15 juin 1624 (id., p. 449).
(7) Texte du Parnasse satyrique, 1622 : *L'un me dit « Ta femme chevauche »*
(8)   id.   *Et* j'ay veu le croissant à gauche
Ce vers est cité dans l'interrogatoire — le troisième — du 27 mars 1624 (id.,
p. 398).

str. 7, v. 9 Et ce teint pâle a tant *des Lis*
          Qu'il *en retient encor' les charmes* (1)

. . . .

str. 10, v. 5 Son naturel me persuade
          Qu'il n'a plus que *l'esprit* malade (2)
          (Plainte sur la maladie de Thyrsis. Ode : Les Dieux qui
                    [frappent aujourd'huy,

str. 2, v. 8 La raison veut que désormais,
          Tes bons peuples mieux que jamais
          En liberté se réjouissent :
          L'Aise leur vient après le Mal,
          Et cet aise dont ils jouissent
          Leur est causé par l'Admiral (3).

. . . .

str. 3, v. 1 *O grand* Persée dont la main
          Seul *outil* de nostre remède (4)

. . . .

v. 5 *O grand Hercule industrieux* (5)

. . . .

str. 13, v. 6 *Remplissant tout d'estonnement* (6)

. . . .

str. 18, v. 6 *Et la plus part, morts ou captifs* (7)

. . . .

str. 23, v. 6 *Et leurs tombeaux anticipez* (8)

. . . .

          (Combat naval devant La Rochelle...... ode : Belle
                 [nymphe des fleurs de lys).
          Grand Roy, soyez moy donc humain :
          Commandez à vos Secrétaires

(1) Texte de 1630 : Et ce teint pâle a tant de *charmes*
                       Qu'il *tient entièrement des Lis*
(2)   id.   Qu'il n'a plus que *l'âme* malade.
(3)   id.   *Mais tu leur dois apprendre aussi*
                       Que le repos dont ils jouyssent
                       Est venu de Montmorency
(4)   id.   *C'est* ce Persée dont la main
                       Seul *instrument* de ton remède
(5) Ce vers manquait dans 1630, Esprit Aubert l'a remplacé par celui-ci. Dans l'édition de *La Sylvie* de Mairet, Paris, P. Targa, 1628, partie *Autres œuvres poétiques* se lit cette ode présentée comme étant de Mairet, mais cette strophe 3 ne s'y trouve pas.
(6) Ce vers manquait dans 1630, Esprit Aubert l'a remplacé par celui-ci. Voici les vers de Mairet : *Des couleurs de l'estonnement*
(7)   id.   Voici le vers de Mairet : *Ces gens vaincus, ces biens captifs*
(8)   id.   id.   *Ton tonnerre les a frappez*

str. 10, v. 6 *De signer à mes adversaires*
            Pleins de rage et d'extorsions (1)
            (Dernière resqueste de Théophile au Roy : Contre ma
                                    [mauvaise fortune).

Passages non corrigés

Notre examen des passages corrigés par Esprit Aubert des poésies de Théophile serait incomplet si nous ne reproduisions les passages incriminés par les commissaires du Parlement ou dans le projet d'interrogatoire de Mathieu Molé (partie non autographe) auxquels le chanoine d'Avignon n'a fait subir aucune modification.

Par les commissaires du Parlement

Ire p., 1621

Pièces avouées par Théophile

Ode

v. 1 *Heureux, tandis qu'il est vivant*
     Celuy qui va tousjours suivant
     Le grand Maistre de la Nature

. . . .

v. 33 *Jésus-Christ est sa seule foy* (2),
      Tels seront mes amis et moy.

Consolation à M. D. L. (M. de Liancourt). Stances.

        Donne un peu de relasche au deuil qui t'a surpris ;
st. 1, v. 2 *Ne l'oppose jamais aux droits de la nature,*
        Et pour l'amour d'un corps ne mets point tes esprits
                Dedans la sépulture.

. . . .

(1) Texte de 1630 : *De signer à ces Ames noires*
                    De vengeance et d'extorsions
Esprit Aubert a modifié ces vers de peur qu'on ne les appliquât aux Jésuites et cependant l'auteur de cette pièce (qui n'est pas Théophile) n'a pas entendu mettre la célèbre Compagnie en cause.
(2) Cette ode tout entière a été incriminée : Interrogatoire — le premier — du 22 mars 1624, voir *Le Procès de Théophile.* T. I, pp. 375 et 376. Interrogatoire — le troisième — du 27 mars 1624, voir id., p. 398.

st. 15, v. 1 *Un homme de bon sens se mocque des malheurs :*
Il plaint esgallement sa servante et sa fille (1) ;
Job ne versa jamais une goutte de pleurs
Pour toute sa famille.

Pièces niées par *Théophile*

Ode. A Cloris : Aussi franc d'amour que d'envie.

str. 18, v. 5 *O Dieux ! qui fistes les abysmes*
Pour la punition des crimes,
Je renonce à vostre pitié.
Et vous appelle à mon supplice,
Si jamais mon âme est complice
De la fin de nostre amitié (2).

Stances : Maintenant que Philis est morte.

Mais cela ne me touche pas :
Les vers sont de mauvais appas ;
Un roc n'en devient pas passible ;
Ce sont de foibles hameçons
Pour ton naturel insensible
Que luy promettre des chançons.

st. 7, v. 1 *Que veux-tu plus que je donne,*
Aujourd'hui que Dieu m'abandonne (3)
Que le Roi ne me veut pas veoir....

Satyre première : Qui que tu sois, de grâce, escoute ma satyre.

v. 85 *J'approuve qu'un chacun suive en tout la nature ;*
Son Empire est plaisant, et sa loy n'est pas dure ;
Ne suivant que son train jusqu'au dernier moment,
Mesmes dans les malheurs on passe heureusement.
Jamais mon jugement ne trouvera blasmable
Celuy-là qui s'attache à ce qu'il trouve aymable,
Qui dans l'estat mortel tient tout indifférent,
Aussi bien mesme fin à l'Acheron nous rend.

. . . .

(1) Interrogatoire — le premier — du 22 mars 1624, voir *Le Procès de Théophile,* pp. 376 et 377.

(2) Interrogatoire — le premier — du 22 mars 1624, voir id., pp. 382, 383 et 384. Cette pièce forme deux odes dans les éditions de Rouen postérieures à 1623 jusqu'à l'édition Scudéry, 1632 ; la seconde commence à la strophe : *Cloris ma franchise est perdue.*

(3) Interrogatoire — le premier — du 22 mars 1624, voir id., pp. 379 et 380.

v. 175 *Je pense que chacun auroit assez d'esprit,*
Suyvant le libre train que Nature prescrit (1).

Satyre seconde : Cognois-tu ce fascheux, qui contre la fortune.

Apprends, malicieux, comme tu sçais mal vivre,
Qu'une fortune est d'or, et que l'autre est de cuivre,
v. 19 *Que le sort a des loix qu'on ne sçauroit forcer,*
Que son compas est droict, qu'on ne le peut fausser.
Nous venons tous du Ciel pour posséder la terre ;
La faveur s'ouvre aux uns, aux autres se reserre ;
Une nécessité que le Ciel establit
Deshonore les uns, les autres anoblit (2).

Elégie : Mon âme est triste, et ma face abbatuë.

Si le refus de ta douce caresse
M'obligeroit à changer de maistresse.
Lors, par le Ciel, par l'honneur de ton nom,
Par tes beaux yeux, je jureray que non ,
Que l'amitié de tous les Roys du monde,
Tous les presens de la terre et de l'onde,
v. 95 *L'amour du Ciel, la crainte des Enfers*
Ne me sçauroient faire quitter mes fers (3).

Epigramme : Mon frère, je me porte bien.

v. 7 *Mon âme incague les destins*
Je fais tous les jours des festins (4).

IIe p., 1623

Pièces niées par Théophile

Elégie : Cloris lors que je songe en te voyant si belle.

v. 7 *Je suis tout rebuté de l'aise et du soucy*
Que nous fait le destin qui nous gouverne icy,
Et tombant tout à coup dans la mélancholie,
Je commence à blasmer un peu nostre folie,

---

(1) Interrogatoire — le premier — du 22 mars 1624, voir *Le Procès de Théo-phile.* t. I, pp. 375 et 376.

(2) Interrogatoire — le premier — du 22 mars 1624, voir id., t. I, pp. 377 et 378.

(3) Interrogatoire — le premier — du 22 mars 1624, voir id., t. I, pp. 379 et 380.

(4) Interrogatoire — le premier — du 22 mars 1624, voir id., p. 378.

Et fay vœu de bon cœur de m'arracher un jour
La chere resverie où m'occupe l'amour.
Aussi bien faudra-t-il qu'une vieillesse infâme
Nous gele dans le sang les mouvemens de l'âme,
Et que l'âge, en suivant ses révolutions,
Nous oste la lumière avec les passions.
Ainsi je me resous de songer à ma vie
Tandis que la raison m'en fait venir l'envie,
Je veux prendre un object où mon libre desir
Discerne la douleur d'avecques le plaisir,
Où mes sens tous entiers, sans fraude et sans contrainte,
Ne s'embarrassent plus ny d'espoir ny de crainte,
Et de sa vaine erreur mon cœur desabusant,
Je gousteray (1) le bien que je verray present,
Je prendray les douceurs à quoy je suis sensible,
Le plus abondamment qu'il me sera possible.
Dieu nous a tant donné de divertissemens,
Nos sens trouvent en eux tant de ravissemens,
Que c'est une fureur de chercher qu'en nous-mesme
Quelqu'un que nous aimions, et quelqu'un qui nous
Le cœur le mieux doué tient tousjours à demy,   [aime.
Chacun s'aime un peu mieux tousjours que son amy ;
On les suit rarement dedans la sépulture ;
Le droit de l'amitié cède aux Loix de nature.
Pour moy si je voyois en l'humeur où je suis,
Ton âme s'envoler aux éternelles nuicts,
Quoy que puisse envers moy l'usage de tes charmes,
Je m'en consolerois avec un peu de larmes.
N'attends pas que l'Amour aveugle aille suivant,
Dans l'horreur de la nuict, des ombres et du vent (2).

Dans les questions non posées du projet d'interrogatoire

I p., 1621

Pièces avouées

Consolation à M. D. L. (M. de Liancourt) : Donne un peu de relasche au deuil qui t'a surpris.

---

(1) Esprit Aubert a corrigé ces vers, il a mis : *Il goustera.*
(2) Interrogatoire — le deuxième — du 26 mars 1624, voir *Le Procès de Théophile*, T. I, pp. 389, 390, 391, 392, 393 et pp. 402 et 403.

st. 11   *Toutesfois tous ces cris sont des soings superflus ;*
           Nos plaintes dans les airs sont vainement poussées ;
           Un homme ensevely ne considère plus
               Nos yeux ny nos pensées (1).

Pièces niées

A Cloris. Stances : S'il est vray, Cloris, que tu m'aymes.

st. 1, v. 5   *Que la mort seroit importune*
                De venir changer ma fortune
                A la félicité des Dieux !
                Tout ce qu'on dit de l'ambrosie
                Ne touche point ma fantasie,
                Au prix des grâces de tes yeux (2).

IIᵉ p., 1623

Pièces niées

Elégie : Souverain qui régis l'influence des vers.

              Aymons-nous, je te prie, et lors que mon visage
              Te voudra rebuter ou mon poil ou mon age,
v. 157   *Regarde en mon esprit où j'ay mis ton tableau ;*
           Lors tu verras en moy quelque chose de beau :
           Tu te verras logée en un petit Empire
           Où l'esprit de l'amour avecques moy souspire ;
           Il se tient glorieux de recevoir ta loy,
           Et semble qu'il poursuit mesme dessein que moy,
           Si je vay dans tes yeux, il y va prendre place ;
           Je ne voy là-dedans que ses traicts et ma face,
           Je double s'il y fait ou mon bien ou mon mal,
           Et ne sçay plus s'il est mon maistre ou mon rival (3).

---

(1) *Qu'un homme ensevely ne conserve plus nos yeux ni nos pensées.*
(2) *Son paradis, sa jouissance, ne pense pas qu'il dût changer l'un pour l'autre.*
(3) *Qu'il croit que l'adorer* (sa Cloris) *n'est point idolâtrie*, voir *Le Procès de Théophile*, T. I, p. 405.

D) **Suppressions**

Passages supprimés

Pour Mademoiselle de M.... : *Je suis bien jeune encor, et la beauté que j'ayme* (1ᵉ p.).

v. 29 Tous les secrets d'Amour que le sommeil exprime,
Mon âme les ressent,
Et le matin je pense avoir commis un crime
Dans mon lict innocent.
De honte à mon resveil je suis toute confuse,
Et, d'un œil tout fasché
Je voy dans mon miroir la rougeur qui m'accuse
D'avoir faict un peché.
Je me veux repentir de ceste double offence
Mais je ne sçay comment :
Car mon esprit troublé me faict une deffense
Que luy mesme dement....

Désespoirs amoureux : *Esloigné de vos yeux....* (Iᵉ p.).

st. 10   Que ta fidélité se forme à mon exemple ;
Fuy comme moy la presse, hay comme moy la Cour :
Ne fréquente jamais bal, promenoir, ny temple,
Et que nos deitez ne soyent rien que l'Amour.
st. 11   Tout seul dedans ma chambre, où j'ay faict ton Eglise,
Ton image est mon Dieu, mes passions, ma foy (1),
Si pour me divertir Amour veut que je lise,
Ce sont vers que luy-mesme a composé pour moy.

Stances : *Quand tu me vois baiser tes bras* (Iᵉ p.).

st. 2   Comme un devot devers les Cieux,
Mes yeux tournez devers tes yeux,
A genoux auprès de ta couche,
Pressé de mille ardans desirs,
Je laisse sans ouvrir ma bouche
Avec toi dormir mes plaisirs.

(1) Ces six vers ont été incriminés et la pièce niée par Théophile, interrogatoire — le premier — du 22 mars 1624 (voir *Le Procès de Théophile*, T. I. pp. 383 et 384).

Seconde satyre : *Cognois-tu ce fascheux, qui contre la Fortune* (I⁰ p.).

> v. 13 Et nous le permettons ! Et le François endure
> Qu'à ses propres despens cette grandeur luy dure !
> Nos Princes autresfois estoient bien plus hardis ;
> Où se cache aujourd'huy la vertu de jadis ? (1)
>
> . . . .
>
> v. 45 Qu'un homme de trois jours, de soye, et d'or se couvre,
> Du bruit de sa carosse importune le Louvre ;
> Qu'un estranger heureux se mocque des François,
> Qu'il ayt mille suivans, pourveu que je n'en sois (2)

Elégie : *Souverain qui régis l'influence des vers* (II⁰ p.).

> v. 133 Mais j'entens d'un baiser où le cœur puisse aller
> Avec les mouvemens des yeux et du parler,
> Que son âme sans peine avec moy s'entretienne,
> Et que sa volonté seconde un peu la mienne.
>
> . . . .
>
> v. 219 Cloris, si je venois, aveuglé de tes charmes,
> Le cœur tout en souspirs, et les yeux tous en larmes,
> Demander instamment un amoureux plaisir,
> Je croy que ton amour m'en laisseroit choisir.

Elégie : *Cruelle, à quel propos prolonges-tu ma peine ?* (II⁰ p.).

> v. 47 Quand mes desirs pressez du feu qui les poursuit,
> Cherchent dans tes faveurs une amoureuse nuict,
> Si peu que ton humeur refuse à mon envie,
> Tu fais pis mille fois que m'arracher la vie.

Requeste au Roy : *Au milieu de mes libertez* (III⁰ p.).

> str. 13 Qu'on avoit bandé les ressorts
> De la noire et forte machine
> Dont le souple et le vaste corps
> Estend ses bras jusqu'à la Chine ;
> Qu'en France et parmy l'estranger
> Ils avoient de quoy se vanger
> Et de quoy forger une foudre

---

(1) Cette apostrophe de Théophile aux Princes qui les invitait à agir contre Concini prouve que la *Satyre seconde* a été composée au plus tard en 1617.

(2) Il va de soi que les 36 vers qui suivent dans les *Délices satyriques* (1620) et dans le *Second livre des Délices de la poésie françoise*, vers qui manquent dans toutes les éditions des *Œuvres de Théophile* du XVII⁰ siècle. ne sont pas non plus dans l'édition d'Esprit Aubert, mais ils sont dans celle d'Alleaume.

>   Dont le coup me seroit fatal
>   En deust-il couster plus de poudre
>   Qu'ils n'en perdirent à Wital (1).

>   . . . .

str. 15   Et le gaillard Père Guérin,
>   Qui tous les jours faict à la chese
>   Plus de leçons à Tabarin
>   Qu'à tous les clercs d'un diocezc,
>   Ce vieux bateleur desguisé,
>   Comme s'il eust bien disposé
>   Et Ciel et terre à ma ruine,
>   Preschoit qu'à peu de jours de là
>   La justice humaine et divine
>   M'immoleroit à Loyola.

Lettre de Théophile à son frère : *Mon frère, mon dernier appuy*
(IIIᵉ p.).

st. 32   Parjures infracteurs des loix
>   Corrupteurs des plus belles âmes,
>   Effroyables meurtriers des Roys,
>   Ouvriers de cousteaux et de flames,
>   Pasles Prophètes de tombeaux
>   Fantosmes, Loup-garoux, Corbeaux,
>   Horrible et venimeuse engeance,
>   Malgré vous, race des Enfers,
>   A la fin j'auroy la vengeance,
>   De l'injuste affront de mes fers (2).

Plainte de Théophile à un sien amy pendant son absence : *Tircis, tu cognois bien dans le mal qui me presse* (3).

st. 19, v. 3 Un plaisir naturel, où mes esprits enclins (4)
>   Ne laissent point de place à des desirs malins.

---

(1) C'est la maison du Roi d'Angleterre.

(2) Cette strophe n'a pas été reproduite dans l'éd. Alleaume parce qu'elle
manquait dans l'éd. Scudéry, mais Esprit Aubert l'a supprimée volontairement ;
elle figure, en effet, dans les éditions de Grenoble et de Lyon qu'il a eues en
mains.

(3) Cette pièce a été visée dans l'interrogatoire — le quatrième — du 3 juin
1624 (voir *Le Procès de Théophile*, T. I, pp. 430 et 432.

(4) L'édition originale de 1623 porte : *Un plaisir naturel*. Les éditions de Grenoble et de Lyon ont copié ce texte, mais le manuscrit original de cette pièce
trouvé dans la valise de Théophile lors de son arrestation au Catelet portait
Des plaisirs innocents et Garassus en a eu connaissance puisqu'il a attaqué

st. 20   Un divertissement qu'on doit permettre à l'homme,
              Ce que sa Saincteté ne punit pas à Rome :
              Car la nécessité que la police suit,
              Punissant ce péché ne fait pas peu de fruict (1).

. . . .

st. 21   Ce n'est pas une tache à son divin empire,
              Car tousjours de deux maux faut éviter le pire.

. . . .

st. 32   J'aurois dans ce plaisir si bien flatté sa vie,
              Que l'orgueil de Caliste en eust crevé d'envie,
              J'aurois peint la douceur de nos embrasemens,
              Par tous les lieux tesmoins de nos embrassemens.

. . . .

st. 45   Ce n'est plus aux enfans d'une commune race,
              Quelque si grand pouvoir dont le corps me menace,
              Quelque trespas honteux, dont le cruel dessein,
              S'agite contre moy dans leur perfide sein.

. . . .

st. 47   Et l'obstination de la malice noire
              Avec ma patience augmentera ma gloire.

La Maison de Sylvie. Ode I : *Pour laisser, avant que mourir* (IIIe p.).

str. 3   Je ne consacre point mes vers
              A ces idoles effacées
              Qui n'ont esté dans l'Univers
              Qu'un faux object de nos pensées,
              Ces fantosmes n'ont plus de lieu,
              Tel qu'on dit avoir esté Dieu
              N'estoit pas seulement un homme,
              Le premier qui vid l'Eternel
              Fust cest impudent criminel
              Qui mordit la fatale pomme (2).

Théophile à ce propos, voir l'interrogatoire — le cinquième — du 14 juin 1624 (*Le Procès de Théophile*, t. I, pp. 440 et 443). Les éditions de Rouen et l'édit. Scudéry, 1632, ont adopté cette dernière version.

(1) Les six vers ci-dessus avoués par Théophile avaient été incriminés dans l'interrogatoire — le cinquième — du 14 juin 1624.

(2) Esprit Aubert ayant suivi le texte des éditions originales, ou, à leur défaut, celui des éditions des OEuvres, de Grenoble 1628, ou Lyon 1630, n'a pas reproduit volontairement cette strophe de la *Maison de Sylvie*, omise seulement dans les éditions de Rouen et dans l'édition Scudéry, 1632, et, par conséquent, dans l'édition Alleaume.

6

La Maison de Sylvie. Ode III : *Dans ce parc un valon secret*
(IIIᵉ p.).

str. 9   Et ce pauvre amant langoureux,
             Dont le feu tousjours se rallume,
             Et de qui les soins amoureux
             Ont fait ainsy blanchir la plume :
             Ce beau Cygne à qui Phaëton
             Laissa ce lamentable ton,
             Tesmoin d'une amitié si saincte,
             Sur le dos son aisle eslevant
             Met ses voiles blanches au vent
             Pour chercher l'object de sa plainte.

str. 10   Ainsy pour flatter son ennuy,
             Je demande au Dieu Melicerte,
             Si chacun Dieu n'est pas celuy
             Dont il souspire tant la perte,
             Et contemplant de tous costez
             La semblance de leurs beautez,
             Il sent renouveller sa flame,
             Errant avec des faux plaisirs
             Sur les traces des vieux desirs
             Que conserve encore son âme.

str. 11   Tousjours ce furieux dessein,
             Entretient ses blesseures fraisches,
             Et fait venir contre son sein
             L'air bruslant et les ondes seiches.
             Ces attraits, empreints là-dedans,
             Comme avec des flambeaux ardans
             Luy rendent la peau toute noire,
             Ainsy, dedans comme dehors,
             Il luy tient l'esprit et le corps,
             La voix, les yeux et la mémoire.

La Maison de Sylvie. Ode IV : *Chaste oyseau que ton amitié*
(IIIᵉ p.).

str. 1   Chaste oyseau que ton amitié
             Fut malheureusement suivie !
             Sa mort est digne de pitié
             Comme ta foy digne d'envie :
             Que ce précipité tombeau,
             Qui t'en laissa l'object si beau
             Fut cruel à tes destinées !

Si la mort l'eust laissé vieillir,
Tes passions alloient faillir :
Car tout s'esteint par les années.

str. 2   Mais quoy ! le sort a des revers
Et certains mouvemens de haine
Qui demeurent tousjours couverts
Aux yeux de la prudence humaine :
Si pour fuyr ce repentir
Ton jugement eust peu sentir
Le jour qui vous devoit disjoindre,
Tu n'eusses jamais veu le jour,
Et jamais le traict de l'Amour
Ne se fust meslé de te poindre.

str. 3   Pour avoir aymé ce garçon
Encor après la sépulture,
Ne crains pas le mauvais soupçon
Qui peut blasmer ton adventure,
Les courages des vertueux,
Peuvent d'un cœur respectueux,
Aymer toutes beautez sans crime,
Comme donnant à tes amours
Ce chaste et ce commun discours,
Mon cœur n'a point passé ma rime.

str. 4   Certains critiques curieux
En trouvent les mœurs offensées,
Mais leurs soupçons injurieux
Sont les crimes de leurs pensées :
Le dessein de la chasteté
Prend une honneste liberté,
Et franchit les sottes limites
Que prescrivent les imposteurs,
Qui sous des robes de Docteurs
Ont des âmes de Sodomites...

Philandre sur la maladie de Tyrcis (1).

str. 1   Les Dieux qui frappent aujourd'huy
L'Ange (2) à qui j'ay voüé ma plume,

----

(1) Cette pièce la plus libertine qu'ait écrite Théophile a paru, croyons-nous, pour la première fois, dans l'éd. de Grenoble, 1628, et elle a été reproduite dans les éditions de Lyon. On ne la trouve ni dans les éditions de Rouen, ni dans l'éd. Scudéry de 1632.
(2) Est-ce M. de Montmorency ou M. de Liancourt ?

Par jalousie, ou par coustume,
Tachent à triompher de luy,
C'est leur éternel exercice,
Ils tuèrent jadis Narcisse,
Ils ont fait mourir Cyparis,
Et d'une influence maudite
Dedans les boürbes de Paris
Ont fait cheoir le sang d'Hypolyte.

str. 2   Les uns meurent dans le brasier,
Un autre est englouty de l'onde,
Tel aujourd'huy sort de ce monde
Qui n'estoit pas malade hier,
C'est la bonté, c'est la malice,
La Providence, et le caprice,
Ou de la Nature, ou des Dieux.
Nous ayant faits tels que nous sommes
Ils deviennent tous envieux
De la prospérité des hommes (1).

str. 3   Nous avons des yeux et des mains,
Les Dieux ne sont qu'air et nuage,
S'ils veulent avoir un visage,
Ils l'empruntent chez les humains,
Dans leur Palais mélancolique
Ne se faict ny bal, ny musique,
Ils n'ont ny repas, ny sommeil (2),
Leur plus glorieux avantage
C'est la conduite du Soleil
Qui ne luit que pour nostre usage.

str. 4   Il est vray que nous sommes mis
Tost ou tard dans la sepulture :

(1) La Bibl. nat. possède un Ms. 20862, f. 190, qui renferme cette strophe et
les trois suivantes sous le titre : *Caprice de Théophile.*
Voici la var. des 3 derniers vers :

Qui nous voyant tels que nous sommes
Deviennent bientôt envieux
De la félicité des hommes.

(2) Var. du Ms 20862 : Nous avons des yeux et des mains
Les Dieux ne sont que des nuages,
Et quand ils veulent des visages,
Ils en empruntent des humains !
Dans leur Palais mélancolique
Ils n'ont ny danses ny musique
Ils n'ont ny repas ny sommeil....

Mais c'est un effect de Nature
Qui ne leur fut jamais permis :
Quand il veut le plus misérable
Treuve son sort si favorable
Qu'il se peut luy-mesme guerir ;
Les Dieux esclaves de la vie
Ne se sçauroient faire mourir
Quand mesme ils en auroient envie (1).

str. 5   Bref nostre sort est assez doux (2),
Et pour n'estre pas immortelle
Nostre nature est assez belle
Si nous sçavions jouyr de nous :
Nostre mal c'est nostre faiblesse,
Rien que nous-mesmes ne nous blesse,
Le Sot glisse sur les plaisirs,
Mais le Sage y demeure ferme,
Attendant que tous ses desirs
Et ses jours ayent fini leur terme (3).

Ode sur le combat naval de La Rochelle, et desroute de l'armée de Soubise par Monsieur de Montmorency : *Belle nymphe des fleurs de lis* (4).

str. 4   O grand Duc sans doute immortel,
Puis que tes faicts sont des miracles
Pour te faire paroistre tel,

(1) Var. du Ms 20862 : Il est vray que nous sommes mis
Tost ou tard dans la sépulture,
Mais c'est un repos de nature
Qui ne leur fut jamais permis:
En tout temps le plus misérable
Trouve son sort si favorable
Que luy-mesme il se peut guérir,
Les Dieux esclaves de leur vie....

(2)   id.   Nostre destin est assez doux
(3)   id.   Ou ses jours finissent leur terme
(4) Texte de 1630 qui doit reproduire celui de 1628, Grenoble, qu'Esprit Aubert a copié pour les autres strophes.

Cette ode a paru simultanément dans l'édition des *Œuvres de Théophile*, *Grenoble, 1628, Pierre Marniolles*, et dans les *Autres œuvres poétiques* qui suivent *La Sylvie* de Mairet, 1628. Est-elle de Théophile ou de Mairet ? Il est impossible de trancher la question. Mairet a passé de son vivant pour s'être approprié le bien d'autrui, Des Barreaux et Corneille ont porté contre lui les plus graves accusations, voir *Disciples et successeurs de Théophile de Viau : Des Barreaux et Saint-Pavin*, p. 146 et suivantes.

Cette ode sur le combat devant La Rochelle.... a le même nombre de strophes dans l'*édition de Grenoble*, et dans les *Autres œuvres poétiques*, mais

Que ne sont mes vers des Oracles,
Ou que ne peut la vérité
Aux yeux de la postérité
Produire tes faicts mémorables :
Se pourroit-il trouver un lieu
Où les Autels plus adorables
Ne te donnassent rang de Dieu ? (1)

Parnasse satyrique. Satyre : *Que mes jours ont un mauvais sort.*

st. 5   Je pisse le verre et le feu,
          Je ne crache que de la colle,
          Je n'ay pas presques un cheveu,
          Ha ! ventrebleu ! j'ay la v..... !

st. 6   J'ay la gravelle dans les reins
          Je ne trouve plus qui je f.....
          Et la sainte ampoulle de Reims
          Tariroit plutost que ma goutte (2).

elles ont chacune une strophe qui est différente et de nombreuses et importantes variantes.

Voici la strophe qui est dans l'*édition de Grenoble* et qui manque dans les *Autres œuvres poétiques* :

C'est ce Persée, dont la main
Seul instrument de ton remede,
A chassé ce monstre inhumain,
A qui tu servois d'Audromede :

. . . .
De qui les soins laborieux
Ont dissipé la tyrannie,
Et fait mourir le vain orgueil
De ses esprits dont la manie
Ne travailloit qu'à ton cercueil.

la suivante manque dans Grenoble :

Alors que peu leur fut utile
Ce rang d'escueils et de remparts
Dont Nature de toutes parts
A couvert le front de ceste Isle ;
Que ce peuple fut esbahi,
Que son courage fut trahi,
Et qu'il previt un grand carnage,
Quand il vit nos braves guerriers
Gaigner ses rives à la nage
Pour s'y couronner de lauriers...

(1) Esprit Aubert a supprimé cette strophe parce que la louange lui en a paru excessive.

(2) Ces deux derniers vers ont fait l'objet d'une question dans le dernier interrogatoire — devant le Parlement — du 27 août 1625 (voir *Le Procès de Théophile*, T. I, p. 501).

Pièces entières supprimées par Esprit Aubert
qui se lisent dans les éditions originales des Œuvres de Théophile
de 1621 et 1623 dont il s'est servi

(*Première partie, 1621*)

Ode

Un fier demon qui me menasse
De son triste et funeste accent,
Contre mon amour innocent,
Gronde la haine et la disgrace.

On m'a rapporté que tes yeux,
Dans leurs paupières languissantes,
N'avoient plus ces flammes puissantes
Qui blessoient les âmes des Dieux.

Nature est vrayment bien hardie,
Et le sort bien faux et malin
D'assujectir le sang divin
A l'effort d'une maladie.

[En détestant ses cruautez,
Quelque peu qu'il m'en divertisse,
Je crie contre l'injustice
Que le Ciel fait à tes beautez (1)]

Depuis ce malheureux message,
Qui m'a privé de tout repos,
La tristesse a mis dans mes os,
Un torrent d'amour et de rage.

Malade au lict d'où je ne sors,
Je songe que je voy la Parque,
Et que dans une mesme barque
Nous passons le fleuve des morts.

Si tu te deüls de mon absence,
C'est un supplice d'amitié,
Qui mérite autant de pitié
Qu'il a de peine et d'innocence.

Je mourray si tu meurs pour moy,
Autrement je serois bien traistre,
Puisque le sort ne m'a fait naistre,
Que pour mourir avecques toy.

(1) Question non posée du projet d'interrog. : *Etre perfide aux Dieux....*

Sonnet

L'autre jour inspiré d'une divine flâme,
J'entray dedans un Temple, où tout religieux,
Examinant de près mes actes vicieux,
Un repentir profond fait souspirer mon âme.

Tandis qu'à mon secours tous les Dieux je reclame,
Je voy venir Philis ; quand j'apperceus ses yeux,
Je m'escriay tout haut : Ce sont icy mes Dieux,
Ce Temple et cet Autel appartient à ma Dame (1).

[Les Dieux injuriez de ce crime d'Amour,
Conspirent par vengeance à me ravir le jour :
Mais que sans plus tarder leur flame me confonde] (2).

O mort ! quand tu voudras je suis prest à partir,
Car je suis asseuré que je mourray martyr,
Pour avoir adoré le plus bel œil du monde.

Stances

Le plus aymable jour qu'ayt jamais eu le monde,
Le plus riche printemps que le Soleil ait veu,
Celuy de nos amours, d'attraits le mieux pourveu,
Ny toutes les beautez de la fille de l'onde ;

Ce que donne Apollon pour embellir sa sœur,
Aux grâces de vos yeux à peine s'accompare,
Ny toutes ces fleurs d'or dont l'Aurore se pare,
Quand elle va baiser son amoureux chasseur.

(Seconde partie, 1623)

Stances

Maintenant que Cloris a juré de me plaire,
    Et de m'aymer mieux que devant,
Je despite le sort, et crains moins sa cholère,
    Que le Soleil ne craint le vent.

---

(1) Pièce niée par Théophile et qui ne figure pas dans l'édition Scudéry, mais qui était bien dans celles de Grenoble et de Lyon. Interrogatoire — le premier — du 22 mars 1624 (voir *Le Procès de Théophile*, T. I, pp. 384 et 385).

(2) Ce tercet a fait l'objet d'une question non posée du projet d'interrogatoire de Mathieu Molé (partie non autographe) : *Etre perfide aux Dieux qu'il faut adorer et prier, les injurier, les accuser d'injustice, mettre ses soins à leur déplaire, n'est pas crime et confesse franchement qu'il le fait.*

Cloris renouvellant ma chaisne presque usée,
    Et renforçant mes doux liens,
M'a rendu plus heureux que l'ami de Thésée
    Quand Pluton relascha les siens.

Desjà ma liberté faisoit trembler mon âme,
    Mon salut me faisoit périr,
Je mourrois du regret d'avoir tüé ma flame,
    Combien qu'elle me fit mourir.

Sortant de ma prison, je me treuvois sauvage,
    J'estois tout esbloüy du jour,
De tous mes sentimens j'avois perdu l'usage,
    En perdant celuy de l'Amour.

Ainsi l'Oyseau de cage alors qu'il se delivre,
    Pour se remettre dans les bois,
Trouve qu'il a perdu l'usage de son vivre,
    De ses aisles, et de sa voix.

Dieux ! où cet advanture avoit porté ma vie !
    Je fremissois de son orgueil,
Cependant je sentois que je mourrois d'envie,
    De l'adorer jusqu'au cercueil.

Cloris travaillez bien à desnoüer ma chaisne,
    Mon joug est très bien asseuré,
Vous seriez fort longtemps pour me mettre en la peine,
    Dont vous m'avez si tost tiré.

Je ne suis pas si fol que d'escouter encore
    Les censures de ma raison,
Et combien que mon mal eut besoin d'ellebore,
    Je prendrois plustost du poison.

Sonnet

Chère Isis tes beautez ont troublé la nature,
Tes yeux ont mis l'Amour dans son aveuglement,
Et les Dieux occupez après toy seulement,
Laissent l'estat du monde errer à l'advanture.

Voyant dans le Soleil tes regards en peinture,
Ils en sentent leur cœur touché si vivement,
Que s'ils n'estoient cloüez si fort au Firmament,
Ils descendroient bien tost pour veoir leur créature.

Croy moy qu'en c'est' humeur ils ont peu de soucy,
Ou du bien ou du mal que nous faisons icy,
Et tandis que le Ciel endure que tu m'aymes,

Tu peux bien dans mon lict impunément coucher :
Isis, que craindrois-tu, puisque les Dieux eux-mesmes
S'estimeroient heureux de te faire pécher (1).

E) Inédits d'Esprit Aubert

Nous désignons sous le titre d'Inédits d'Esprit Aubert les strophes et pièces entières qu'il a insérées dans son édition et qui ne se trouvent pas dans l'édition Alleaume (2).

Ces Inédits se divisent ainsi :

1° Les strophes qui ont été omises dans les éditions des *Œuvres de Théophile* publiées de 1626 à 1696 (sauf dans quelques éditions de Lyon) et dans l'édition Alleaume.

2° Les pièces qui peuvent appartenir à Théophile qui n'avaient pas été publiées avant Esprit Aubert.

3° Les pièces attribuées à Théophile par Esprit Aubert signées d'autres auteurs et les pièces anonymes que nous ne croyons pas de Théophile.

4° Les pièces pieuses qu'Esprit Aubert a prêtées à Théophile.

1° *Strophes omises*

Esprit Aubert ayant certainement suivi le texte des plaquettes publiées en 1623 et 1624 ou à leur défaut celui de la troisième édition

(1) Ces deux derniers tercets avaient été incriminés dans l'interrogatoire — le premier — du 22 mars 1624 (voir le Procès de Théophile, T. I, pp. 380 et 381).

(2) Nous donnons en supplément les pièces de Théophile qui ne sont ni dans l'édition d'Esprit Aubert ni dans celle d'Alleaume, c'est-à-dire les pièces qui avaient échappé à ces deux éditeurs des œuvres du poète de Boussères. Ni l'un ni l'autre ne se sont reportés au texte original de certaines poésies de l'édition des OEuvres de 1621 et qui avaient paru auparavant dans le *Second livre des Délices de la poésie françoise, 1620*, et dans les *Délices satyriques, 1620*. Ces trois recueils leur auraient fourni quelques strophes oubliées ou supprimées volontairement.

Rappelons ici qu'Esprit Aubert a reproduit les trois pièces des éditions de Grenoble, 1628, et de Lyon, 1630, qui manquent dans l'édition Alleaume. Sur ces trois pièces une est incontestablement de Théophile : *Les Dieux qui frappent aujourd'hui ;* la seconde sur la victoire navale de M. de Montmorency : *Belle Nymphe des fleurs de lys* a peut-être été volée à Théophile par Mairet ; la troisième : *Contre ma mauvaise fortune* n'est pas du poète de Boussères. Nous avons d'ailleurs indiqué, à leur place, les corrections et suppressions qu'Esprit Aubert a faites aux dites pièces.

des *Œuvres de Théophile*, 1625. a reproduit la strophe 4 de l'ode I et la strophe 2 de l'ode IX de la *Maison de Sylvie* qui ne se lisent ni dans les éditions antérieures à 1632, ni dans l'édition Scudéry, ni, par conséquent, dans l'édition Alleaume :

Ode I, str. 4 (1) Tous ces Dieux de bronze et d'airain
                N'ont jamais lancé le Tonnerre,
                C'est la verge du Dieu souverain (2)
                Qui créa le Ciel et la Terre,
                Ha ! que le céleste courroux
                Estoit bien embrazé sur nous,
                Lorqu'il fit parler ses Oracles,
                Et que sans destourner nos pas
                Il nous vid courir aux appas,
                De leurs pernicieux miracles.

Ode IX, str. 2 Je vis un jour ensevelis
                Devant la Reyne d'Amathonte,
                 Tous les œillets, et tous les lys,
                Que la terre cachoit de honte :
                Car je chantay l'hymne du prix
                Qui fit voir que devant Cypris
                Toute autre beauté comparée,
                Si peu les siennes égalloit,
                Qu'un enfant conneut qu'il falloit
                Luy donner la pomme dorée.

2° *Pièces qui sont peut-être de Théophile*

Nous ignorons où Esprit Aubert a pris l'ode : Au Roy sur son dernier voyage du Languedoc : *Nos vœux sont exaucés, Louys ce grand Monarque* et le sixain anagrammatique sur Louis treizième de Bourbon. La satyre : A Monsieur de l'Olivier... : *Tu reprends mon humeur, Olivier tu me blasmes*, le sonnet : *Saturne aime le Ciel, Jupiter son tonnerre*, ainsi que les deux épigrammes (sur trois) ci-après·ont été extraites du *Parnasse satyrique* par le bon chanoine.

---

(1) Si Esprit Aubert a reproduit la str. 4, il a supprimé la str. 3 (voir p. 81), qui manque également dans les éditions de Rouen, etc., etc.

(2) Var. de l'éd. de Grenoble, 1628 : C'est le dard du Dieu souverain.

Au Roy, sur son dernier voyage du Languedoc

Stances

Nos vœux sont exaucés, Louis ce grand Monarque,
(Dont la main mille fois a désarmé la Parque)
   Vient pour nous rendre heureux ;
Un seul de ses regards dissipera l'orage
   Qu'un dessein plein de rage
Oppose injustement à son bras généreux.

La discorde, bien tost, quittera la campagne ;
Dans nos prospérités les complots de l'Espagne
   Seront ensevelis.
Le Païs va fleurir, nos troubles seront calmes ;
   Et souz l'ombre des palmes,
Le Ciel cultivera l'honneur des Fleurs de Lis.

Le Roy, comme un Soleil, chassera la bruine
Qui menaçoit l'Estat d'une proche ruine,
   Et son front souverain
Remettra ce Païs en sa vigueur première,
   Car sa seule lumière
Au milieu des broüillards fait naistre un temps serein.

Que les coups de canon fassent entendre aux nuës
Cet abord fortuné. Qu'on remplisse les ruës
   De Bals, et de Festins ?
Et qu'un chacun de nous noye dedans le verre
   Le souci de la guerre,
Et les maux projectez dans l'esprit des mutins.

Qu'aujourd'huy les Mosquets, d'une bouche allumée,
Offrent, au lieu d'encens, une espesse fumée
   A l'autel de Louys ;
Que nos Luths, et nos voix donnent envie aux Anges
   De chanter ses loüanges ;
Il faut pour ses exploicts des concers inouïs.

Grand Monarque, vos pas sont autant de victoires,
Vos moindres actions donnent à nos Histoires
   Un si riche ornement,
Que la posterité de vos vertus ravie,
   (Admirant vostre vie)
Ne parlera de vous qu'avec estonnement.

Vos exploicts tous les jours nous font voir des miracles,
Vos discours plus communs sont tels, que les Oracles
　　Ont beaucoup moins de pois,
Et vous estes doüé de qualités si rares,
　　Que les peuples barbares
S'estimeroient heureux de vivre souz vos Loix.

Grand Roy, l'objet sacré du Ciel et de la Terre,
Les douceurs de la Paix, les horreurs de la Guerre
　　Reposent en vos mains ;
Enfin vous paroissez sur les autres Monarques,
　　Avec les mesmes marques
Qui les font différer du reste des humains.

Vostre seule vertu maistrise la Fortune,
Vous seul pouvez dompter la rage de Neptune,
　　Et borner son pouvoir ;
Le vent vous obéit, et le grand œil du monde
　　Ne sort jamais de l'Onde,
Qu'il ne soit embrasé d'un desir de vous voir.

Jamais Prince ne fut si vaillant, et si juste,
Vostre règne n'a rien que de Grand, et d'Auguste,
　　Et tous les Potentats
Admirans les Conseils que vostre esprit inspire
　　Au sein de vostre Empire,
Apprennent, de vous seul, à regir leurs Estats.

C'est vostre jugement qui regle la Police,
L'exemple de vos mœurs fait honte à la malice
　　Du monde, et de l'Enfer,
Et dans ce temps pervers de vice, et de licence,
　　Vostre seule innocence
Nous monstre un Siècle d'Or, dans un Aage de Fer.

Jamais l'oisiveté ne croupit dans vostre âme,
Jamais la moindre ardeur d'une impudique flamme,
　　N'embrasa vos désirs ;
Et parmy les appas dont vostre cœur abonde,
　　Vostre vie est au monde
L'exemple de fouler les profanes plaisirs.

Le Ciel qui vous cherit, et qui vous veut complaire,
Accompagne vos pas d'un Ange tutélaire
　　Qui vous fait prosperer ;

D'un sainct nœud d'amitié vostre âme estant unie,
　　Avec ce grand Génie,
Il n'est point de bon-heur qu'on ne doive espérer.

Vos propres ennemis vous doivent des trophées !
Car leurs calamitez se treuvent estouffées
　　Dans vos exploicts vainqueurs :
Et lors que vous calmez les tempestes civiles,
　　Et reprenez vos villes,
Vous gaignez les esprits, et triomphez des cœurs.

Toutefois, ô malheur ! les Fureurs déchaisnées
Suscitent tous les jours des secrettes menées
　　Contre vostre pouvoir !
Tous les jours vos sujects, nourris dans les vacarmes,
　　Vous font prendre les armes
Pour ranger leurs esprits dans un juste devoir.

Mais comme les Géans, accablez du tonnerre,
Virent tous leurs efforts brisez comme du verre
　　Sur le mont Pelion ;
Ainsi devant nos yeux, les Villes mutinées
　　Contemplent, ruinées,
Le lamentable fruict de la Rebellion.

Nîmes, et Mont-pellier, Clerac, et La Rochelle,
Et mille autres Cités, dont la rage infidelle
　　Vous avoit irrité,
Sont encor des mutins les tristes funérailles ;
　　Et dessus leurs murailles
On voit les monumens de leur témérité ?

Dieu sur le front des Rois imprime son Image,
Il est leur Partisan, veut qu'on leur rende hommage,
　　Et les met en son lieu,
Pour monstrer icy-bas sa grandeur infinie,
　　Et que la felonnie
N'attaque impunément l'Estat d'un demy-Dieu.

Après avoir dompté ceste race parjure,
Les voyant à vos pieds, vous oubliez l'injure
　　De leurs complots pervers,
Ainsi vous signalez votre valeur extresme :
　　Car vous vaincre vous-mesme,
C'est un acte plus grand que vaincre l'Univers.

Cet Hydre de malheurs a perdu l'espérance
D'espancher son venin dans le sein de la France ;
 L'Estat hors de danger
Ne voit qu'avec mespris ce Monstre parricide ;
 Louis, comme un Alcide,
Est maintenant l'effroy du superbe Estranger.

La victoire vous suit, et l'heur vous accompagne,
Vostre Nom seulement fait trembler l'Allemagne ;
 Et sous vos Estendars,
Les Rois pour vous servir quittent leurs Diademes,
 Et confessent eux mesmes,
Qu'ils ont assez d'honneur d'estres de vos souldars.

L'Holandois aujourd'huy sa liberté respire,
Vous l'avez délivré de l'orgueilleux Empire
 Du Monarque Ibérois ;
Malgré tous ses efforts vous protegez Mantoüe,
 Le monde vous advoüe
L'appuy des oppressez, et l'Arbitre des Rois.

Vous triomphez par tout, et rien n'est impossible
A vostre bras vainqueur. Quel Mont inaccessible
 Résiste à vos efforts ?
Alpes, vous le sçavez, vous à qui la Nature
 A fait une closture
Qui porte jusque au Ciel des rempars, et des fors.

Les Mons, dont les sourcils menacent les estoilles,
Ont veu vos ennemis cheus dans leurs propres toiles,
 Et, couvers de mespris,
Dans leurs retranchemens, que leur vaine entreprise
 Estimoit hors de prise,
Ils furent surmontez aussi tost que surpris.

Les superbes rochers, ravis de vostre audace,
Creurent que vous estiez ce Mars, à qui la Thrace
 Consacre des lauriers,
Vostre abord genereux les fit bondir de joye,
 Et vous ouvrir la voye
A l'exécution de mille exploicts guerriers.

Je lis dans les secrets que m'inspire la Muse,
Que l'Eridan, le Rhin, le Danube, et la Meuse,
 Attendent de vous voir ;

Les fleurs de Lis croistront tout autour de leurs rives,
Et leurs Ondes captives,
Apprendront à la Mer quel est vostre pouvoir.

Vous planterez la Croix au milieu de l'Asie,
Et poussé du désir dont vostre ame est saisie
Vous franchirez ses bords,
Le Nil s'estonnera que vous brisiez ses cornes.
Et fassiez sur ses bornes,
Dans des fleuves de sang, des montagnes de morts.

Je vous suivray partout Cavalier, et Poète (1),
Pour vous offrir les vœux d'un cœur qui ne souhaitte
Que vos prospéritez ;
Qu'on m'estime un flatteur, je sçay bien que mon âme
Est bien loing de ce blâme
Et vous dois désirer ce que vous meritez.

Au Roy

Sizain Anagrammatique

Louis tresiesme de Bourbon le Juste, roi de France
et de Navarre, fils de Henri quatriesme

Très beau orné de Lis, fidele et beau vainqueur,
Très aymé fils de Mars, héritier de son cœur,
Brave Roi, Roi très fort, quelle divine flame,
Très bien heuré des Cieux, réside dans ton âme !
Bien admirable Roi, Sire, ô chef des mortels,
Qu'on te vien faire en Dieu sur terre des Autels.

A Monsieur Olivier

Il luy parle de l'ignorance de quelques Courtisans
que l'on void à la Cour

Elégie (2)

Tu reprens mon humeur, Olivier, tu me blasmes,
Mon inclination elle mesme, t'enflame (3)

(1) Ce vers semble bien désigner Théophile.
(2) Si cette pièce qui, avant de faire partie du *Parnasse satyrique*, avait paru
dans les *Délices satyriques*. 1620, appartient bien à Théophile, elle doit dater
de ses débuts poétiques. Nicolas Olivier était secrétaire de la Chambre du roi
en 1609, Jean Le Blanc lui a dédié sa poésie *L'Olivier*, 1609.
(3) Texte du Parnasse satyrique, 1622 : Mon inclination, toy-mesmes tu t'en-
flammes.

Contre moy de cholere, oyant ce que je dis
Que l'on voit nos François maintenant engourdis
A suivre la vertu tant estimée au monde,
Que contre les vaus-riens incontinent je gronde,
Ayant pour ma raison, que chacun va laissant
L'estude, et le sçavoir qui s'en va périssant :
Cela n'est-il pas juste, et mon esprit critique (1)
N'est-il pas bien fondé sur une telle picque ?
Qui seroit celuy-là, qui voyant en ce temps
Chacun à qui mieux mieux prendre ses passe temps
(Mais plustost demeurer tousjours grossier et rude,
Et ne mettre jamais le pied dans une estude)
Ne s'estomacqueroit, et de larmes de sang,
Connaissant ce malheur, ne feroit un estang ?
Toy mesmes, cher amy Olivier, qui caresses
Du Parnasside Mont les pucelles Déesses,
N'es-tu point courroucé quand tu vois un bouffon,
Un effronté friquet faire icy du profon,
Du suffisant, du docte, et du fil de sa langue
Faire à bastons rompus une maussade harangue ?
D'autre costé, n'es-tu transporté de courroux
De voir cest Advocat qui aimoit les hiboux,
Qui estoit misanthrope, avoir coupé sa robbe,
Desclamant que le droict, est celuy qui desrobe
Aux hommes le plaisir et le contentement :
Qui obscurcit l'esprit avec le jugement,
Et qu'il est plus séant de paroistre un sot asne,
Que se faire advocat et porter la soutane ;
Qui esclave le monde, et contraint au Palais
Les jeunes Advocats y estre de relais.
Et ce, le tout sans cause, ou bien à l'audience
Passer tout le matin en un morne silence,
N'est-il pas bien chaussé pour estre advocasseau ?
Olivier, qu'on luy donne à boire un verre d'eau
Pour le désaltérer, c'est un digne salaire,
Et pour son estomach un boüillon salutaire.
Après ce mordicant, combien de Financiers,
Et de jobets voit-on, qui pour estre officiers
Mesprisent la science, et soustiennent qu'au monde
Il faut taut seulement bien porter la rotonde ?
Gausser dessus le peuple, et piller sur le Roy,

(1) Parn. satyr., 1622 : Cela n'est il pas juste, et mon cœur satyrique.

Prester à interest, tousjours avoir de quoy ?
Faire fonds en leur compte, et coucher la partie
Qui sous le nom d'un autre, au leur est convertie?
Tromper un auditeur, changer les comptereaux,
Et par un double acquit surprendre les bureaux,
Et leur estat final, voir beaucoup de souffrances
Qui proviennent du tout des debtes et quittances ?
Et pour n'avoir payé à quelque morfondu,
Luy donnant pour payement des coups de pieds au cul ?
Voilà des financiers les maximes de vivre,
Et de leurs volontez qu'ils désirent de suivre
A prendre, tracasser, et faire des partis
Pour se ruiner l'un l'autre, et sur tous les petits (1)
Suivons, mon Olivier, des ignares la piste :
Prenons les fainéans jusques dedans leur giste,
Regardons les muguets, voyons les Courtisans
Qui gaussent à plaisir, et s'en vont mesprisans
Les gens qui sont d'estude, et, faisant des risées,
Estiment leur sçavoir comme billevesées (2).

(1) Ici le *Parnasse satyrique, 1622,* donne huit vers qu'Esprit Aubert a supprimés :

Aller dedans le Louvre, et faire des enchères
Les pères sur les fils et les fils sur les pères.
Voylà le vray sentier que l'on suit du présent,
· Pour aller en sa vie aux églises gueusant,
Profitable moyen, mais non des plus honnestes,
Qui fait qu'un trésorier en laisse tant en reste
A ses fils en mourant, lesquels parmy ce bien
Prennent la volupté pour leur souverain bien.

(2) Ici Esprit Aubert a passé vingt-quatre vers :

Leur crachent en la face et les nomment pédants,
Disent qu'ils ont Saturne en tous leurs ascendants, ·
Que du grec et latin on en pave les ruës,
Et que s'y amuser est à faire des gruës ;
Qu'il est plus nécessaire à ceux qui sont de cour
De parler brusquement et de le faire court,
Que non plus d'alléguer un torrent de passages
Pour monstrer en ce temps que les fols ne sont sages ;
Au lieu de tout cela, qu'il vaut bien mieux aimer,
Dissimuler, gausser, voltiger, escrimer,
Mais de beaucoup sçavoir n'avoir aucune envie ;
Aussi bien que l'estude assomme nostre vie,
Et que, quand sur un livre on seroit bien dix ans,
Que peut-estre à la fin on n'auroit pas cent francs.
Après ces courtisans, ils nous convient escrire
Les fils de ces bourgeois, que du college on tire
Afin de les placer chez quelques procureurs
Qui soient au Chastelet des plus fermes crieurs,

Ils vont toute la nuict roder par les quartiers (1),
Armez en vrays bourgeois, ou bien comme messiers (2),
Gaussans, sifflans, chantans, comme on voit aux rivieres,
En mille faux bourdons, chanter les lavandieres,
Et au partir de là, ce sont des suffisans,
Des discrets, des docteurs qui s'estiment sçavans,
Ou bien des entendus, et vestus à la mode ;
Un d'eux à chaque pas son rabat raccomode,
L'autre sa piccadille aura faite en carneaux (3)
Et dessus ses cheveux, aussi blonds que pruneaux,
Aura de la farine, un autre un bas de soye
De couleur d'Angelique, ou bien de merde d'oye,
Ses cordons de souliers seront de coulombin,
Les jartières de mesme afin d'estre poupin,
Le pourpoint balaffré, au dessoubs la chemise,
Qui couste six escus, qu'il n'avoit jamais mise,
La manche retroussée, et autour de ses bras,
Un bracelet tressé de chiffres hauts et bas.
Ceste troupe ainsi leste, et se voulant complaire
Va roder, va joüer, et la meilleure affaire
Qu'elle a, c'est au Tripot envoyer son argent
Par dessus les filets, et jurer en Sergent.
De là tous ces seigneurs s'en vont voir leurs maistresses,
Où ils sont despouillez chacun de leurs richesses ;
Puis ne sçachant que faire, un chacun à part soy
Se plaist à controller les bastimens du Roy,
Ou bien se vont jetter dans une Academie,
Où l'un faict exercice de toute piperie.
L'autre saisit des dez, et les jette au cornet,
Et s'efforce joüant à mettre un autre au net (4).

Et maistres chicaneux en fait de plaidoirie ;
Puis, quand ils ont esté dans la chicanerie,
Les pères assottez les retirent chez eux ;
Leur donnent liberté d'aller en plusieurs lieux :
Ils vont par les bordels, et après la taverne
Est celle qui souvent ces beaux enfans gouverne.

(1) Texte du Parnasse satyrique, 1622 : Puis ils vont toute nuit roder par les quartiers.

(2) *Messiers* : Villageois commis à la garde des fruits de la terre pendant la moisson.

(3) Créneaux.

(4) Esprit Aubert a passé les quatre vers suivants :
Puis l'ayant desgarny d'escus et de pistoles,
Le contraint à jurer et de se pendre aux soles
Qui sont dans le logis, encor que non d'effet
Mais bien de volonté son desir soit parfait.

Olivier, voilà donc les fruicts de l'ignorance,
Voilà comment par elle est piteuse la France,
N'ayant plus de cerveaux qui, gravement posez,
Soient dedans les conseils toujours bien disposez
A donner un advis qui son estat conserve :
Et qui cause cela ? c'est que l'on voit Minerve,
Apollon, et les arts tellement à mespris,
Que d'un plaisant fallot on fera plus de prix
Que d'un homme doüé d'une belle doctrine,
Et plus plein de sçavoir, que de fait et de mine.
N'ay-je donc pas raison de paroistre songeard,
Et d'estre tourmenté par un soucy rongeard ?
Et voyant, Olivier, que tout en mal se tourne
N'ay-je pas un sujet d'être coüard et morne ?
Outre que, quand l'un voit son estat definir,
Chacun particulier s'en doit ressouvenir (1).

Sonnet (2)

Saturne aime le Ciel, Jupiter son tonnerre,
Junon les cœurs hautains, Cyprine les ébats,
Mercure les discours, Bellone les combats (3),
Diane les forêts, Ccrès toute la terre.

Neptune son trident, Baccus son verd lierre,
Minerve la sagesse, et Pluton les lieux bas,
Vulcan le feu ardant, Megere les debats,
Flore les belles fleurs que Printinne dessert (4).

Pomone les jardins, les Satyres les bois,
Palès ayme les preds, Themis ayme les loix,
Phèbus avec sa Lyre a bien chanter se peine.

Hercule va contant ses monstres déconfis,
Phebé ses beaux rayons, mais saincte Magdelaine
Prend ses plus doux esbats auprès du Crucifix (5).

(1) Parn. satyr., 1622 : Chacun particulier s'en doit aussi sentir.
(2) Aubert a fait de ce sonnet du *Parnasse satyrique*, 1622, et des *Délices satyriques*, *1620*, un sonnet qui s'applique à Sainte-Magdeleine !
(3) Parn. satyr., 1622 : Mercure les discours, Mars les cruels combats.
(4)   id.   Flore les belles fleurs que Printemps desserre.
(5)   id.   Pan se plaist dans les bois, et Priape aux jardins,
                Palès aime les prez, et Themis les humains,
                Phœbus sa douce lyre, et Cupidon ses flèches.
                Les Parques leurs fuseaux, la Lune son esclat,
                Hercules ses labeurs, les f...... toutes brèches,
                Et Lise n'ayme rien que mon ..... délicat.

D'un mauvais poète (1)

Puisque, comme tu dis (Pylame),
Les vers que tu fais sont dorés :
Il ne reste que la flame
Pour les rendre tout épurez.

D'un bastard (2)

Corsaille d'un seul fils fut mère
Qui, mort, estant mis au cercueil,
Toute la Cour en fut en deuil,
Car chacun s'en pensoit le père.

Sur le mesme sujet (2)

Cet Enfant, ô Parques sevères,
Estoit le plus grand des humains
S'il eust peu eschapper vos mains :
Car il avoit plus de cent pères.

Il ne falloit se tourmenter
D'assembler les Estats de France,
Cet enfant seul en leur absence
Les pouvoit tous représenter.

3º *Pièces attribuées par Esprit Aubert à Théophile
mais qui sont signées d'autres auteurs et pièces anonymes
que nous ne croyons pas de Théophile*

A) Pièces d'autres auteurs

Les pièces suivantes proviennent du *Parnasse satyrique* et de
la *Quintessence satyrique*, 1622 :

L'ode : *O chef d'œuvre de la peinture* est de Boisrobert.

Les stances *Pour le Ballet des sottises d'amour* et celles *Pour le
Ballet des Mores* sont données à de Rosset.

---

(1) Parnasse satyrique, 1622, et Délices satyriques, 1620..

(2) Quintessence satyrique ou seconde partie du Parnasse satyrique, 1622,
ces deux épigrammes avaient été publiées, pour la première fois, dans les Délices satyriques, 1620.

Les stances : *La Jalousie au Ballet de Persée et d'Andromède* portent le nom de Berthelot.

Le sonnet : *Quand l'Orient perleux les campagnes redore* celui de La Ronce.

Le sonnet : *Si j'ayme jamais rien que le Ciel me punisse,* celui de Rosset.

Le sonnet : *Beaux sont ces bois épais, belle cette prairie,* est de G. Colletet.

L'épigramme : *Contre un médisant : Triboulet, tu ne fais que médire de moy* se lisait dans les *Premières œuvres poétiques de Guy de Tours,* 1599.

Esprit Aubert n'avait aucune raison particulière d'attribuer les huit pièces ci-dessus à Théophile, il a cru y reconnaître sa manière, ce en quoi il s'est trompé. Il a dû avoir en mains, non l'édition originale du *Parnasse* et de la *Quintessence satyrique* de 1622 dans laquelle cinq de ces poésies étaient signées, mais bien l'édition du *Parnasse satyrique* de 1625 où elles sont anonymes.

Des deux sonnets priapiques de La Ronce et de G. Colletet, Esprit Aubert a fait des poésies pieuses !

Ode (1)

(par Boisrobert)

O chef d'œuvre de la Peinture !
Merveille du plus beau des Arts !
Parfait assemblage de fars,
Qui faites honte à la Nature !
Beau Portraict que j'ayme sur tous,
D'où vient que pour l'amour de vous
Je m'arreste icy d'ordinaire,
Veu que les douceurs de vos traits
Ne me figure les attraits
Que d'une chose imaginaire ?

Comment avez-vous. le pouvoir
De ravir mes yeux et mon Ame !
D'où naist ce désir qui m'enflame ?
Pourquoi m'obstiné-je à vous voir ?
Si j'estois esprins d'un visage,

(1) Ode sur un portrait fait à plaisir, n. s. (Parnasse satyrique, 1622). Elle se trouve dans les poésies de Boisrobert du Recueil des plus beaux vers de 1627. Esprit Aubert a placé cette ode dans l'argument de la tragédie de Pyrame et Thisbé, voir p. 38.

Dont je vous creusse estre l'image,
A bon droit je vous cherirois ;
Et ne voudrois'pas faire échange
De vous au Pourtraict de quelque Ange,
Ou de la Déesse des bois (1).

Mais quoy, vous n'empruntés vos charmes
Que de la main de vostre autheur :
Vous n'avés rien que de menteur,
Et si vous provoqués mes larmes !
He ! quelle estrange cruauté !
Je croirois que vostre beauté (2)
Par mes pleurs peut estre effacée.
Qu'on luy peut nuire du toucher,
Et sans pouvoir m'en empescher
Je vous tiens tousjours embrassée (3).

Je veux que l'éclat de vos yeux
Surpasse la nature mesme :
Que votre beauté soit extresme,
Qu'on n'eust jamais rien veu de mieux :
Que la main d'un second Apelle
Vous ait fait la bouche si belle (4),
Les traits du visage si doux :
Si vostre essence n'est fondée
Que sur l'effort de son idée
Pourquoi suis-je amoureux de vous ?

Cependant l'ardeur me r'entame !
Je brûle, et ne sçay pas comment
Contraint d'admirer vainement
Le vain image d'une Dame (5).
Ce Mignon qui se creut si beau
Mirant son visage dans l'eau,
N'eust jamais une amour si folle :
Car il ne se connaissoit pas,
Et moy j'ayme les faux appas
Que je connois dans un Idole.

(1) Parn. satyr., 1622 : De vous aux traits de Michel-Ange
                          Qui sont aux cabinets des Rois.
(2)   id.   Je cognoy....
(3)   id.   Je la tiens....
(4)   id.   Vous ait fait la face si belle.
(5)   id.   Cependant l'ardeur me consomme
                  Je brusle, et je ne scay comment.
                  Contraint d'adorer follement
                  L'imagination d'un homme.

Je surpasse tous les humains
Au fol désir qui me provoque !
Pigmalion, dont l'on se mocque,
Aima l'ouvrage de ses mains.
Ixion qui creut sous la Nuë
Tenir sa Junon toute nuë
Au moins contenta son desir ;
Mais près de l'objet qui m'enflame
J'accrois le desir de mon ame
Sans espérance de plaisir.

Que j'ay d'ennemis à combattre ?
Dieux ! en quels tourmens je me voy
Lors que je tiens auprès de moy
Ce cher tableau que j'idolatre !
Il accorde tout à mes vœux :
Je le caresse quand je veux,
Et rien de bon ne m'en succede :
Car ses regards sont innocens,
Mes baisers froids et languissans (1),
Et sa faveur sans aucun aide.

Pour donner le jour à ses yeux
Je voudrois comme Promethée
Avec une audace effrontée
Pouvoir ravir le feu des Cieux ;
Et quand pour punir mon offence
On m'exposeroit sans défence
A la faim d'un second Vautour,
J'aurois beau languir à la geine,
Avant que de souffrir la peine
Que je sens de mon fol amour.

Cher ami, qui pour mon dommage
Conserves si soigneusement
Près de ton lict pour ornement
Ceste belle et parfaicte image,
Fay qu'on la brusle devant toy :
Qu'une fois pour l'amour de moy
Je la puisse voir enflammée,
Et que mes désirs continus
Retournans comme ils sont venus
Aillent avec elle en fumée.

(1) Parn. satyr., 1622 : Ses baisers....

Pour le Ballet des sottises d'Amour (1)
(par de Rosset)

Aux dames

Mais d'où vient-il, les belles Dames
Pour qui l'Amour est triomphant,
Qu'on ne peut obliger vos âmes
Sans faire le sot en enfant ?

Voici le recueil de sottises
Des Champs, des Villes et des Cours,
Nous les avons toutes apprises
En l'echole de vos Amours (2).

Voicy de mille gestes feintes
Les postures des Courtisans,
Des Bourgeois les mines contraintes,
Les grimaces des Païsans.

Nous cherchons des formes nouvelles
De sottises de toutes parts,
Et non content des naturelles,
Nous en apprenons tous les arts.

Ainsi, mes Dames, pour vous plaire,
Ensuivants nostre affection,
Nous nous exerçons tous à faire
Les Badauts en perfection (3).

Pour le Ballet des Mores (4)
(par de Rosset)

(1) Dans la *Quintessence satyrique* ou *seconde partie du Parnasse satyrique*, ces stances sont données à de Rosset. On ne les rencontre pas dans les recueils collectifs de poésies publiés de 1597 à 1630, qui contiennent de nombreuses pièces de cet auteur.

(2) Quintess. satyr., 1622 : Faisant toutes sortes d'amours.

(3)   id.   En l'amoureuse affection
                           Nous nous exercerons à faire
                           La sottise en perfection

(4) On trouve dans les *Muses ralliées*, IIe p., 1600, des vers de Langier de Porchères, n. s., qui semblent se rattacher à ce ballet : *Ces Mores portent au visage*. La *Quintessence satyrique* les attribue, comme les précédents, à de Rosset.

Aux mesmes dames

Ces Mores vagabonds vont d'une belle flame
Epreuver vos effors (1) ;
Amour, tyran des cœurs, afflige autant leurs âmes,
Que le Soleil leurs corps.

Ils fuyent le Soleil en ce lieu où la glace
S'endurcit des froideurs (2) :
Mais l'Amour, importun, les brûle en toute place
De pareilles ardeurs.

Si tost l'Astre du jour au matin ne s'allume,
Qu'ils le vont maudissant :
Mais voyant vos beaux yeux, dont le feu les consume,
Ils les vont bénissant.

Le Soleil les connoist, mais ses vaines injures
N'en reculent d'un pas (3) :
Et durant leurs souspirs, vous vivez aussi dures
Que ce qui ne vit pas.

La jalousie, au Ballet de Persée et d'Andromède (4)
(par Berthelot)

Je fuy la lumière des Cieux (5),
Je hay toute chose prospère :
Rien ne sçauroit plaire à mes yeux,
Je suis fille d'Amour, et fait croistre mon Père.

Je n'ay ny repos, ny loisir,
Je n'arreste jamais en place,
Je vole comme le desir,
Et tous les plus beaux feux, je convertis en glace (6).

(1) Quintess. satyr., 1622 : Ces Mores vagabonds vont de louable flamme,
Espouvanter les forts.
(2)   id.   Ils fuyent le Soleil, en ce lieu que la glace,
Adoucit de froideurs.
(3)   id.   Le Soleil qui les blesse, à leurs vaines injures
Ne recule d'un pas.
(4) Ces stances sont signées Berthelot dans le *Parnasse satyrique*, 1622,
mais ne le sont plus dans l'édition de 1625.
(5) Parnasse satyrique, 1622 : Je hay la lumière des Cieux.
(6)   id.   Et même tous les feux, je convertis en glace.

On ne voit jamais d'amoureux
Sans une fièvre dangereuse :
Et durant l'accès douloureux
Je cause les frissons d'une fièvre amoureuse.

Bien que je veuille tout sçavoir,
Je me fasche de trop apprendre :
Je veux tout entendre et tout voir ;
Et ne crains rien sinon que de voir, et d'entendre.

Rien n'est comme moy d'inconstant,
La peur me suit tousjours, je tremble :
Je veux mal et bien à l'instant,
Si j'ayme la beauté, je la hay tout ensemble.

Mais j'ay fait un ferme dessein,
D'acquiter l'âme de Phynée (1) :
Je m'en vais loger dans son sein,
Et luy dire qu'un autre a sa dame emmenée

Sonnet (2)
(par de La Ronce)

Quand l'Orient perleux les campagnes redore,
Quand les feux de la nuict font place au beau Soleil
Quand Diane laissant son Pasteur au sommeil (3),
Du regret qu'elle en a, sa corne décolore.

Quand l'oiseau s'éveillant ses deux ailes essore
(Faisant bruire les bois du bruit de son reveil),
Et saluë tout gay le trompeur appareil (4)
Que tient, sortant du lict, la jaunissante Aurore :

Quand les Princes s'en vont au lever de leurs Rois,
Quand le chasseur retourne à l'enceinte du bois,
Quand le courbé rustaud ahanne à la charette,

---

(1) Parnasse satyrique, 1622 : D'habiter l'âme de Phinée.
(2) Signé dans la *Quintessence satyrique*, 1622, et dans les *Délices satyri-*
ques, 1620, par le sieur de La Ronce et imité de l'italien. Ce sonnet, dont le
dernier vers est une obscénité a été transformé par Esprit Aubert en poésie
pieuse à l'honneur de Sainte-Magdeleine.
(3) Quintess. satyr., 1622 : Les flambeaux de la nuit faisant place au Soleil
                            Et Diane laissant son pasteur au sommeil.
(4)   id.   Les rameaux chevelus, où l'oisillon s'essore
                            Retentissent du bruit qu'il fait à son resveil,
                            Saluant de son chant le pompeux appareil.

Quand le pastre au sifflet ébaudit son troupeau,
Pour le r'amener paistre autour de ce coupeau,
Marie dans cet antre à prier Dieu se jette (1).

Sonnet (2)
(par de Rosset)

Si j'ayme rien que vous, que le Ciel me punisse,
Si j'ayme rien que vous que je puisse mourir,
Si jamais je redonne au monde mon service
Que le pleur de mes yeux ne se puisse tarir.

Non, vous estes mon cœur, vous estes mon désir,
Vostre absence, mon Dieu, m'est un trop grand supplice,
Agneau, chasse-peché, chassez de moy tout vice,
Voulez-vous que mon cœur vive tousjours martyr ?

Mes yeux ne sont plus yeux, ains plustost deux rivières,
Qui versent mille pleurs esblouis des lumieres
Que me dardent vos yeux, qui sont mes vrais Soleils.

Si j'entens quelquefois le concert de vos Anges,
Ce n'est qu'un avant-jeu des accords nompareils
Qu'on chante dans le Ciel en disant vos loüanges.

(1) Quintess. satyr., 1622 : Les fols et les flatteurs vont au lever des Rois,
                           Le chasseur tend sa toile à la brèche d'un bois,
                           Le courbé laboureur à la charrue bahanne :
                           Le berger fait sortir son bien-aimé troupeau,
                           Pour le mener repaistre au son du chalumeau,
                           Et moy, pour mon plaisir, je prens le.... de Jeanne.

(2) Ce sonnet auquel Esprit Aubert a donné pour titre : *De son amour envers
Jésus-Christ* est tiré de la Quintessence satyrique, 1622, où il est attribué à de
Rosset. Voici le texte original :

                           Si j'aime jamais rien, que le Ciel me punisse,
                           Si j'aime rien que vous, que je puisse mourir,
                           Si jamais j'ay voué à autre mon service,
                           Que jamais de mon mal je ne puisse guérir !

                           Non vous estes mon cœur, vous estes mon desir ;
                           Donc, ne permettez plus qu'en peine je languisse ;
                           A l'endroit d'un agneau la rigueur est un vice ;
                           Voulez-vous que je sois tousjours ainsi martyr ?

                           Mes yeux ne sont plus yeux, mais plus tost des rivières,
                           Qui versent mille pleurs, esblouis des lumières
                           Qui luisent en vos yeux, mon soleil gracieux.

                           Je semble à Phaëton, je veux trop entreprendre :
                           Il est vray qu'il vouloit demeurer dans les Cieux,
                           Et moy je ne veux rien qu'y monter pour descendre.

Le sonnet suivant de G. Colletet est encore pris dans la *Quintessence satyrique ou seconde partie du Parnasse satyrique, 1622* (n. s.), ce n'est pas un des moins libres de ce recueil et Esprit Aubert l'a consacré — toujours — à Sainte Magdeleine sous le titre :

A Saincte Magdeleine estant en la Saincte-Baume

Beaux sont ces bois épais, belle cette prairie,
Belles ces vives fleurs, et beaux tous ces rameaux,
Beau le cristal coulant de ces petits ruisseaux,
Beau le divers émail de cette herbe fleurie.

Beaux les derniers accents que l'Echo nous marie
Aux concerts doucereux d'un million d'oyseaux,
Beaux les riches epics de ces jaunes tuyaux,
Beaux les airs qu'un Berger sur son flageol varie (1).

Beaux les seps verdoyans où pendent ces raisins,
Beaux les courbes vallons de ces beaux lieux voisins,
Beau cet antre où par fois Marie tu sommeilles.

Mais toutes les beautés que l'on veoid en ce lieu
Cedent à la douceur des loüanges de Dieu
Que les Anges et toy celebrés par merveilles (2).

Contre un médisant (3)
(par Guy de Tours)

Triboulet, tu ne fais que médire de moy
Quelque part que tu sois, et moy tout au contraire
De bien dire de toy, mais j'aime mieux me taire
Car chacun sçay bien que je mens comme toy.

(1) Texte de la Quintessence satyrique, 1622 :
    Beaux les derniers accents qu'un doux écho marie
    Aux charmes amoureux de mes chants tous nouveaux,
    Beaux les riches espics de ces jeunes tuyaux,
    Beaux les airs qu'un berger sur sa fluste varie.
(2) Texte de la Quintessence satyrique, 1622 :
    Beau cet antre ou parfois avec toy je sommeille,
    Mais toutes ces beautez, mon Alcine, croy moy,
    Cedent à la beauté de ta ..... vermeille
    Que je tiens maintenant assis auprès de toy.
(3) Esprit Aubert a pris cette épigramme dans le Parnasse satyrique ; elle avait paru auparavant, toujours anonyme, dans les Délices satyriques, 1620, le Cabinet satyrique, 1618, le Recueil des plus excellens vers satyriques, 1617, et dans les Satyres bastardes du cadet Angoulevent, 1615. Estoc, l'éditeur de ces florilèges libres et satyriques, l'avait empruntée aux Premières œuvres poétiques de Guy de Tours, 1599, où elle commence : *Pacollet, tu ne fais....*

B) Pièces anonymes

Cette épigramme est bien antérieure à Théophile, Esprit Aubert
lui a donné un titre fantaisiste :

Théophile sortant de prison fit remercier le Roy
et l'ayant treuvé dans la cour du Louvre, prest de monter à cheval
fist cette épigramme :

Gentil, petit, hardy Cheval
Bon pour monter, et pour descendre,
Quoy que tu ne sois Bucéphal,
Tu sers un plus grand qu'Alexandre.

4° *Pièces pieuses prêtées à Théophile par Esprit Aubert* (1)

Sur les cinq playes de Nostre-Seigneur

Doux est le Chef de nostre Redempteur,
Boccage sainct aux troupes colombines
Des cœurs devots, qui dedans ces espines
(Sacrez Phenix) font leur nid de senteur.

Douces les mains de ce grand Testateur,
Qui du péché ont biffé les ruines,
Et souz-signés ses volontés Divines
D'estre à jamais nostre Libérateur.

Doux sont les pieds de nostre Evangéliste,
Qui nous semond de le suivre à la piste :
Mais doux sur tout est son sacré costé,
Où nous allons incessamment pour boire
Le vrai nectar de sa grande bonté,
En attendant le séjour de sa gloire.

Aux mondains

Advis d'imiter Saincte Magdelaine

Vous qui menez vie trop vaine,
N'attendez pas vos jours plus vieux
Pour trouver le chemin des Cieux,
Ains suivez Saincte Magdelaine,
Qui dès lors que Dieu l'inspira
Des vanitez se retira.

(1) Nous ne savons où Esprit Aubert a pris ces pièces, peut-être sont-elles de
sa composition ?

SUPPLÉMENT

_____

Vers et pièces de Théophile qui ne sont ni dans l'édition
d'Esprit Aubert (1633) ni dans celle d'Alleaume (1855)

_____

Nous avons écarté de ce supplément, à cause de leur obscénité,
les pièces inédites de Théophile des *Délices satyriques, 1620,* du
Parnasse satyrique et de la *Quintessence satyrique, 1622,* et
celles prêtées à Théophile par les témoins à charge de son procès.
On trouvera les premières dans notre travail qui paraîtra prochai-
nement : *Le libertinage au XVIIe siècle. Les recueils collectifs
de poésies libres et satyriques publiées depuis 1600 jusqu'à la
mort de Théophile (1626), bibliographie de ces recueils et bio-
bibliographie des auteurs qui y figurent,* et les secondes dans *Le
Procès du poète Théophile de Viau,* T. II, p. 400 et suivantes.

Second livre des Délices de la poésie françoise, 1620 (1)

Le Matin. Ode : L'aurore sur le front du jour

Après le vers : *Ronflent la lumière du monde.*
                Ardans ils vont à nos ruisseaux,
                Et dessous le sel et l'escume,
                Boivent l'humidité qui fume,
                Si tost qu'ils ont quitté les eaux.

Après le vers : *S'unit à la couleur des cieux.*
                Les ombres tombent des montagnes

(1) *Le Second livre des Délices* a paru en même temps que les *Délices satyriques, suitte du Cabinet satyrique.* Ce dernier recueil contenait des pièces
très libres parmi lesquelles un certain nombre étaient signées Théophile dans
le *Second livre des Délices.* Le parti religieux s'émut de cette débauche d'obs-
cénités. Toussainct du Bray, l'éditeur du *Second livre des Délices* prit peur, et
il réimprima immédiatement les deux livres des *Délices de la poésie françoise*
en en excluant les poésies de Théophile ! Voir sur ce curieux incident la Vie de
Des Barreaux, p. 43, des *Disciples et successeurs de Théophile de Viau, Des
Barreaux et Saint-Pavin, Paris, 1911.*

> Elles croissent à veüe d'œil,
> Et d'un long vestement de deuil
> Couvrent la face des campagnes.

> Le Soleil change de sejour
> Il pénètre le sein de l'onde,
> Et par l'autre moitié du monde
> Pousse le chariot du jour.

Après le vers : *Leur cabinet et leur plumage.*

> Le pré paroist en ses couleurs,
> La bergère aux champs revenue
> Mouillant sa jambe toute nue
> Foule les herbes et les fleurs.

Elégie à une dame ou satyre troisième

A la suite du quatorzième vers : *Et jamais le bon sens ne se trouva si rare*, le passage suivant manuscrit a été intercalé dans un exemplaire du *Second livre des Délices* ayant appartenu au peintre Daniel Du Monstier.

> Si Platon revenoit au siècle d'aujourd'huy
> Le moindre maquereau se moquerait de luy,
> Fortune est seulement aux vertueux sévère,
> La bonne conscience est sœur de la misère.
> Si le Ciel m'avoit fait un de ces gros prélats
> De tous les fils du Ciel on me croiroit l'Atlas,
> Si j'estois Cardinal et fusse une beste
> Mon chapeau couvriroit les défauts de ma teste ;
> Le moyen plus aisé de bien fort profiter
> Et d'acquérir beaucoup, c'est à rien mériter ;
> Plus ils nous firent de bien, plus le destin est chiche
> Et se montre prodigue alors que l'on est riche.

Sonnet sur la mort d'Estienne Durand et des deux Siti

> C'est un supplice doux, et que le Ciel avouë,
> On oyra toujours dire à la postérité
> Que c'est le chastiment qu'un traistre a mérité
> Et la fin misérable où luy mesme se vouë.

> Heureux qui vous chérit, bien heureux qui vous louë,
> Le sort doit travailler à sa prospérité,
> Mais ces lasches ingrats qui vous ont irrité
> Doivent ainsi périr, et seicher sur la rouë.

J'ay veu ces criminels en leur suprême sort,
J'ay veu les fers, les feux, les bourreaux, et la mort,
Mon âme en les voyant bénist vostre bon ange.

Le peuple à cet objet a prié Dieu pour vous,
Mesme les patiens ont trouvé bien estrange
D'avoir eu la faveur d'un traictement si doux.

Sonnet

Je songeois que Philis des Enfers revenuë,
Belle comme elle estoit à la clarté du jour,
Vouloit que son Phantosme encore fît l'amour,
Et que comme Ixion j'embrasse une nuë.

Son ombre dans mon lict se glissa toute nuë,
Et me dit, cher Thyrcis, me voicy de retour ;
Je n'ay fait qu'embellir en ce triste séjour,
Où depuis ton départ le sort m'a retenuë.

Je viens pour rebaiser le plus beau des amans,
Je viens pour remourir dans ses embrassemens ;
Alors quand ceste Idole eust abusé ma flamme,

Elle me dit, Adieu, je m'en vay chez les Morts,
Comme tu t'es vanté d'avoir baisé mon corps
Tu te pourras vanter d'avoir baisé mon âme.

Délices satyriques, 1620

Epigramme (1)

Je perds mon temps, et mes discours,
De vous raconter mes amours,
Et la rigueur de mon martire,
Mon desir ne se peut borner !
Je veux ce que je n'ose dire,
Et que vous n'osez me donner.

Nouveau recueil de diverses poésies du sieur Théophile, 1622

Epitaphe

A tort l'âme nous est ravie,
Car par un supposé malheur

---

(1) Cette épigramme dans le *Second livre des Délices de la poésie françoise*
termine les pièces de Le Roy (de Gomberville).

Vous estes morte de douleur
Me croyant n'estre pas en vie :
D'amour courant après mes pas
Vous entrastes chez le trespas.

Puis que ma vie en est complice,
Que pour moi vous touchez la mort
Je devrois esprouver le sort
De mon imaginé supplice,
Je vivrois avec vous là bas,
Ou je meurs pour n'y estre pas.

Elégie

Bien que jamais amour ne m'ayt monstré sa flamme
Et que mesmes vos yeux n'ayent point touché mon âme,
Voyant tant de beauté je ne peux m'empescher
D'escrire à ce sujet, vous en deust-il fascher :
Je sçay qu'une loüange indignement escrite
Offense son sujet, et fait honte au mérite,
Que la faveur d'un sot se doit desadvoüer,
Et qu'un mauvais esprit ne sçait jamais loüer,
Et pour dire le vrai, je ne suis point si vain
De croire qu'on m'estime assez bon escrivain,
Digne de consacrer un' œuvre à la mémoire,
De qui vostre vertu peut tirer de la gloire,
Et ne me vante point qu'avec présomption
D'un rang qui puisse atteindre à sa perfection.
Je la cognois trop haute, et crois qu'elle me passe,
D'autant qu'on voit le Ciel plus haut que le Parnasse,
L'objet de ma pensée est trop loing de mes yeux
Qui ne pénètrent point la nature des Dieux ;
Comme on ne voit jamais la vertu toute nüe,
Je ne vois rien de vous qu'au travers d'une nuë,
Au rais de ce Soleil mon œil s'esvanoüit,
Plus je pense approcher, et plus il s'esbloüit.

Epigramme

Enfans beuvons à qui mieux mieux
Sans crainte de gaster nos yeux :
Le Soleil boit le Sel et l'onde
Sans faire jamais un repas
Qu'il ne soit yvre, et n'est-il pas
Le plus bel œil de tout le monde ?

Crainte de vous charger le cœur
Du jus sacré de ma liqueur,
Compagnons ne quittez le verre,
Le Soleil en faict bien autant :
Car après qu'il a beu d'autant
Il rend gorge au scin de la terre.

A Monsieur de Ligonde

Pense à l'honneur de ta maison,
Pense à toy-mesme, et sans remise,
Croy-moy, desgage ta raison
De la friperie où tu l'as mise.

Fors ton cœur dont elle s'empare
Et la ruze de l'avoir pris,
Ce qu'elle peut avoir de rare
Mérite à peine tes mespris.

Ne sois donc plus retif à croire
Qui te conseille sagement,
Ou je diray que tu fais gloire
D'avoir perdu le jugement.

Ode

Plein d'ardeur et d'obeyssance
Envers la majesté d'Amour,
Et maistrisé de la puissance
Du plus doux object de la Cour,
J'ay quitté le plaisant séjour
Où le Ciel me donna naissance.

Les prez, les arbres, les fontaines
N'ont pour moy rien de gracieux,
Je trouve leurs amorces vaines,
Et ne puis destourner mes yeux
De cet object delicieux
D'où l'amour fait venir nos peines.

Autrefois j'aymay la lumière,
Et lors qu'un beau soleil riant
Couvroit l'azur d'une rivière
Des richesses de l'Orient,
Je salüois tout en priant
Les rais de sa clarté première.

Mais depuis qu'une douce flamme
Dont Amour m'est venu saisir,
J'ay changé les vœux de mon âme,
Un plus bel astre est mon desir,
Et l'object de tout mon plaisir
Sont les yeux d'une belle Dame.

Autrefois j'aimay la peinture,
Et l'esmail des vives couleurs
Dont la terre a sa couverture
Quand l'Aurore avecque ses pleurs
Baigne le sein de tant de fleurs
Que luy presente la Nature.

Maintenant ce plaisir sauvage
M'est plus aigre que mon tourment,
Je hay les fleurs d'un jardinage,
Et depuis que je fus amant
Je n'aimay plus tant seulement,
Que les lys de ce beau visage.

O Deserts je vous abandonne,
Vostre sejour est trop hideux,
L'horreur de vos forests m'estonne,
C'est dans la Cour où je me veux,
Et c'est, ô Reyne de mes vœux,
A vos beautez que je me donne.

Au sieur Hardy (1)

Coustumier de courre une plaine
Qui s'estend par tout l'Univers,
J'entends à composer des vers
Trois milliers tout d'une haleine.

Hardy dont les lauriers feconds
Font ombre à tant de doctes testes,
Que les plus grands de nos Poëtes
S'honorent d'estre tes seconds.

(1) Cette pièce était destinée à l'ouvrage suivant de Hardy : *Les chastes et loyales amours de Theagène et Cariclée réduites du grec de l'Histoire d'Heliodore en huit poemes dramatiques aux théatres consécutifs...* qui parut en 1623 mais sans les vers de Théophile, ces derniers ne virent le jour qu'en 1624 en tête du T. I (sans tomaison) du théâtre de Hardy.

Jamais ta verve ne s'amuse
A couler un sonnet mignard,
Detestant la pointe et le fard
Qui rompt les forces à la Muse.

Que c'est peu d'ouyr Cupidon
En sonnets mollement s'esbatre,
Au prix de voir sur le théâtre
Le désespoir de ta Didon.

J'ayme Renaud et Théagene,
J'en ayme encor' un million,
Mais plus qu'un livre d'Illion
Achille mort dessus ta scène.

Je marque entre les beaux esprits
Malherbe, Bertaud et Porchères,
Dont les louanges me sont chères
Comme j'adore leurs escrits.

Mais à l'air de tes Tragédies
On verroit faillir leur poulmon,
Et comme glaces du Strymon
Seroient leurs veines refroidies.

Tu parois sur ces arbrisseaux
Tel qu'un grand Pin de Silésie,
Qu'un Océan de Poësie
Parmy ces murmurans ruisseaux.

Les envieux de ton estime
Te donnent peu de sentiment,
L'ignorance est le chastiment
Comme la cause de ce crime.

Hardy contre ces faux abois,
Tu feras voir comme Cigalles
Toutes les Muses inégalles
Se crever en leurs propres voix.

Epigramme à de bons musiciens qui avaient chanté devant de sottes gens

Orphée avoit ainsi la voix,
Captivant la troupe brutale,
Et ce qu'il fit dedans un bois
Vous l'avez fait dans ceste sale.

Jardin des Muses, 1643

Quadrin fait par Théophile n'ayant eu d'un prince qu'un tableau
pour récompense de certains vers

Ce prince est d'estrange nature,
Je ne sçay qui diable l'a fait :
Car il ne paye qu'en peinture
Ceux qui le servent en effet.

Quadrin

Je nasquis au monde tout nud
Je ne sçay combien je vivray,
Si je n'ay rien quand je mourray
Je n'auray gaigné, ny perdu.

Epigramme à un jeune seigneur fort libéral

Personne n'est fasché du bien
Dont vostre sort heureux abonde,
D'autant qu'il ne vous sert de rien
Qu'à faire du plaisir au monde,
Ainsi le celeste flambeau
Qui fut l'ornement le plus beau
Qu'enfanta la masse première,
N'a jamais eu des envieux :
Car il n'use de sa lumière
Que pour en esclairer nos yeux.

Trésor chronologique et historique du Père Guillebaud. 3 vol. in-folio (1643-1647)

Ode (1)

Va sous les heureux auspices
De la Reyne fille des eaux,
Ainsi tousjours te soient propices
Les regards des freres jumeaux :
  Que le Dieu puissant qui gouverne
La profonde et sourde caverne
Où les Vents demeurent enclos,
Ne laisse aller que le Zephire

(1) Cette ode, imitation de celle d'Horace : *Sic te diva potens*, a été réimprimée par M. Ch. Urbain, dans le Bulletin du Bibliophile, 1890.

Dans les voiles de la navire
Qui te va porter sur les flots.

Toy qui tiens un gage si rare,
Orgueilleux et riche vaisseau,
Qui dessus l'élement barbare
Porte ce glorieux fardeau :
    Faist que bien-tost Virgile arrive
Sain et sauf à la Grecque rive,
Et sans faire trop long sejour,
A force de voile et de rame,
Faits que la moitié de mon âme
Soit bien-tost icy de retour.

Celuy qui le premier du monde,
Forçant les éternelles Loys,
Entreprit de bastir sur l'onde
Une foible maison de bois :
    Qui sans perdre bras ny courage,
A veu combattre en un orage
Les vents d'Affrique et d'Aquillon,
Dont les terreurs continuées
Meslent souvent dans les nuées
Et les vagues et le sablon.

Qui pour le frimas et la pluye
Que verse toute une saison,
Ne se deplaist ny ne s'ennuye
Dans l'ordure de sa prison :
    Quand il oit du costé de l'Ourse
Murmurer l'orgueilleuse course
De ces vieux Tyrans de la mer,
Sous qui le flot Adriatique
Tantost demeure pacifique
Et tantost fait tout abismer.

Quand il vit parmy les tempestes
Les rocs sanglants d'Acroceron,
Et mille monstrueuses bestes
Qui font leur queste à l'environ :
    S'il ne regreta le rivage
Il avoit l'esprit bien sauvage,
Au lieu d'un naturel humain,
Il avoit le cœur d'une Eryne,
Au lieu de cuir en la poitrine
Il avoit des plaques d'airain.

En vain l'Autheur de la Nature
A séparé cet élement,
Qu'il a fait comme une ceinture
Pour nous contenir seulement :
   Nos temeraires artifices
Ont inventé des édifices
Par où nostre desir mutin
A desja trouvé des passages
Pour les plus retirez voyages
Où reluit l'espoir du butin.

Il n'est rien que l'audace humaine
Qui se resout à tout souffrir,
Ne delibere et n'entreprenne,
Quelque mal qui se puisse offrir :
   L'insolence de Promethée,
L'orgueil de ce premier Athée
Jusqu'au Ciel pille les Autels,
Et ravit les flammes célestes,
D'où depuis et fièvres et pestes
En ont puny tous les mortels.

Personne auparavant ce crime
D'un puisné ne porta le dueil,
Le cours d'un aage legitime
Nous mettoit tous dans le cercueil :
   Dedale encore sur la plume
Voulut voir où le jour s'allume,
Hercule fut dans les Enfers,
Et penetrans ces noires caves,
En ramena quelques esclaves
Qu'il avoit arraché des fers.

Bref rien ne paroist impossible
A l'entreprise des humains,
Rien n'est si fort inaccessible
Qu'ils n'y puissent jetter les mains :
   Les fermes voûtes assurées,
Devant nous sont mal assurées,
Nostre fureur y veut monter :
C'est aussi pourquoy le tonnerre
Pour chastier tousjours la terre
Est en la main de Jupiter.

Hortus epitaphiorum selectorum, 1648

A G. Colletet sur la mort de sa sœur

Que l'image de ce tombeau
Met en désordre mes pensées,
Et que je plains de ce flambeau
Les flâmes qui sont éclipsées,
Mais puis que Colletet est venu réparer,
Par des vers esclatans, et qui doivent durer,
Cette mort et ce feu qui n'ont rien de profane ;
Reynes qui m'eslevez sur le sacré Valon,
Me conseillerez-vous de souspirer Diane,
Après avoir ouÿ les souspirs d'Apollon.

Les Muses illustres de MM. Malherbe, Théophile, etc
Louys Chamhoudry, 1658

Au Roy. Epigramme (1)

Saincte Image du Roy des Cieux,
Jeune et victorieux Monarque,
Qui donnez de l'envie aux Dieux,
Et de la Terreur à la Parque ;
Sans injustice et sans effort,
Vous ressusciterez un mort,
Esteignez le feu qu'on m'allume,
Et moderant l'ardeur des loix,
Ne laissez point brusler la plume,
Qui n'escrivit que vos exploits.

Nouveau Cabinet des Muses (Sup., p. 59) s. d. (1660 ?)
Le Nouveau Cabinet des Muses gaillardes. S. l. n. d. (1665)
Délices de la poésie galante. Iᵉ p. Jean Ribou, 1666.

Sonnet (2)

Vous me pressez à tort pour aller à confesse,
Beauté de qui dépend et mon bien et mon mal,

---

(1) Cette épigramme a été adressée par Théophile au roi en novembre 1623, il l'a composée dans la Tour de Montgommery. Voir *Le Procès de Théophile.* T. I, p. 244.

(2) Ce sonnet est signé Théophile dans le Ms. de la Bibl. Stᵉ Geneviève, nᵒ 2459. Dans le Supplément du Nouv. Cabinet des Muses (s. d., 1660 ?) cette pièce commence : *A quoy bon me presser tant d'aller à confesse.*

Si je n'approche pas ce sacré Tribunal,
Je marque mon respect, plutost que ma paresse.

Je ne sens point en moy de péché qui me presse ;
Je vous aime, Philis, d'un amour sans égal ;
L'amour pour le salut n'a rien qui soit fatal,
Et le dire tout bas marqueroit ma faiblesse.

J'en parleray par tout, je le diray tout haut ;
Je reconnois pourtant que j'ay quelque defaut
Dont je n'auray jamais aucune repentance.

Mon crime est que j'enrage, et peste en chaque lieu,
Malgré tous mes respects, et ma persévérance,
Que vous ne voulez pas me faire offenser Dieu !

Annales poétiques. T. XVII (1780)

Epigramme

Contre un juge

Un rapporteur de dur accès
S'en allait juger mon procès
Je le priois d'une humble face ;
Alors, lui, d'un sévère front,
Me dit que je me retirasse,
Que sa mule avoit le pied prompt,
Tout doucement je me recule,
Disant en moi-même tout bas
Le diable vous emporte pas,
Je vous crains plus que votre mule.

Epigramme

Tu dis que Georges est paresseux ;
Ton discours est peu véritable,
Car il est toujours parmi ceux
Qui sont les premiers à table.

Quatrain

Que me veut donc cette importune ?
Que je la compare au Soleil ?
Il est commun, elle est commune ;
Voilà ce qu'ils ont de pareil.

Epigramme

Un larron, conduit et mené
Dans la prison où l'on le loge,

Est sur le champ examiné,
Et lui dit comme on l'interroge :
Hélas ! encore ais-je pis fait.
Fais-nous donc, dit le Juge, entendre
En quoi tu crois avoir méfait ;
De m'être, dit-il, laissé prendre.

Epigramme

Un certain, sans grande raison,
Ecrit au dessus de sa porte :
Par cet endroit en mille sorte
Le fou ne passe en ma maison.
Il faut donc, dis-je, que le maitre
Entre chez lui par la fenêtre.

1888

Ode à Roger du Plessis-Liancourt. (1)

Entretiens la mélancolie
Dont si joyeusement tu meurs :
Aussi bien est-ce une folie
De croire vaincre ses humeurs ?
La tristesse pensive et blesme
Ne prend conseil que d'elle-mesme,
Elle seule entend ses secrets,
Le chagrin jamais ne se lasse,
Et quoy que la raison y fasse
Elle achève tous ses regrets.

Une profonde resverie
T'accoustume à ne rien oüir,
Et tu n'as point de fascherie
Qu'au propos de te réjoüir.
N'est-il pas vrai que les estudes
Te plaisent, et les solitudes ?
Que les vers touchent ton esprit ?
Je t'en feray tant que je vive,
Et c'est pour toy que je cultive
Ce bel art que le Ciel m'aprit.

---

(1) Publiée pour la première fois par M. Andrieux dans une plaquette : Théophile de Viau, notice bio-bibliographique, Agen, 1888. Nous avons donné le fac-simile des strophes 8 à 13 dans le Procès de Théophile, T. I, p. 93.

Lors qu'enfin la haine importune
Qui me défend de t'aprocher
N'ostera plus à ma fortune
Ce bonheur qu'elle tient si cher,
Aucun plaisir ne se compare
A celluy que je te prépare :
Je quitteray tous mes amis,
Et quelque maistre que je serve
Mon service est avec rézerve
De celluy que je t'ay promis.

La force d'une destinée
Qui me tire agréablement
Me tient ainsi l'âme obstinée
A t'aymer éternellement.
Sans toy, le Ciel m'avoit faist naistre
Incapable d'avoir un maistre :
Pren garde de ne maltraitter
Ma volontaire servitude,
Et jamais ton ingratitude
Ne te la fasse regretter.

Ce n'est pas qu'il me prenne envie
De me desdire de mes vœux,
Ny de passer jamais ma vie
Qu'avecques toy si tu ne veux,
J'endureray de ta colère
Auparavant que te desplaire,
Comme font les plus bas espritz :
Ne flatte pas trop mon mérite,
Mais aussy jamais ne m'irrite
Par les injures du mespris.

Liancour, traiste-moi, de grâce,
Comme un esprit des mieux domptez,
Et de force ny de menace,
Ne gouverne mes vollontez.
Un fier commandement qui presse
M'oblige moins qu'une caresse :
J'enrage s'il me faut fleschir,
Les liens trop forts je les brise,
Et la rigueur qui me maistrise
Me conseille de m'afranchir.

Une âme aux crimes endormie,
Qui ne s'esmeut d'aucun affront,

Et que l'horreur de l'infamie
Ne peut faire changer de front
Sert à tout, et jamais ne pense
Qu'au profit de la récompense.
Dieu qui m'avez voulu donner
Plus d'amour et plus de courage,
Vous sçavez que le moindre outrage
Est capable de m'estonner.

Mais à quoy bon cette deffiance ?
Je parle un peu bien rudement,
Et reproche à ma conscience
Des faux soubçons qu'elle dément.
Je n'ay rien qui m'oblige à craindre
Que tes desdains me facent plaindre.
Je sçay que tu me fais l'honneur
De me tenir en quelque estime
Comme je croy bien légitime
L'espérance de ce bonheur (1).

En l'ignorance de nostre âge,
Les bons esprits ont ce malheur,
Qu'on juge mal de leur courage
Feussent-ils fils de la valeur.
On pense que depuis Pompée,
Les sçavans n'ont tiré l'espée ;
Et semble un monstre en l'Univers
Quy ne se peut croire sans charmes,
Qu'un homme ayt pu porter les armes
Et qu'il ayt sceu faire des vers.

Je ne veux pas que les histoires
A nos neveux facent sçavoir
Le petit bruict de deux victoires (2)
Que le destin m'a faict avoir.
Quoy qu'on parle, quoy qu'on se taize,

(1) La strophe 9 qui suit celle-ci n'a pas été achevée par Théophile, elle reproduit les six derniers vers de la strophe 13 : *Après nous il ne faut pas attendre.*
Voici les quatre premiers vers de cette strophe 9 :

      Je trouve un soing bien ridicule
      De travailler à son renom,
      Deubt-on vaincre le nom d'Hercule
      Dont je doute s'il feust ou non.
. . . .

(2) Théophile fait allusion ici à la victoire des Ponts-de-Cé (7 août 1620), où
combattant parmi les troupes royales, il fit un prisonnier, et à la campagne,
contre les protestants en 1621.

Je n'en suis pas mieux à mon ayze,
Et si peu qu'on m'a veu cueillir
Des lauriers au sort de la guerre,
Je veux bien que dessus la terre
Ils puissent avecques moy vieillir.

Quand tu seras parmy les anges,
En ses délicieux propos,
Je ne veux pas que mes loüanges
Divertissent ton doux repos.
Aussi tost je me veux resoudre
A croire que tu n'es que poudre,
Je veux, tant que ton œil luira,
Que mes escritz le réjouissent,
Mais je veux qu'ils s'ensevelissent
Alors qu'on t'ensevelira.

Mais à quoy ces discours funèbres
Des sépultures et des morts ?
C'est boire au fleuve des Ténèbres
Avant que d'en toucher les bords.
Après nous, il ne faut attendre
Que la pourriture et la cendre :
Achille dont le vieux tombeau
Est de si fresche renommée
Quand sa paupière feut fermée
Ne se vit ny vaillant ni beau.

Tandis que l'aparence est grande
Que nostre âge n'arrive pas
A l'heure de payer l'offrande
Que prend l'idolle du trespas,
Servons à nostre jeune vie :
Aussy bien l'estre de la vie
Au tombeau comme nous est mis,
Et quel bon sens ou quelle estude
Nous peut oster l'incertitude
Du futur quy nous est promis ?

Liancour, je pensois escrire
Huict ou dix vers tant seulement ;
Mais comme la fureur m'attire,
Je la suis insensiblement.
Comme je n'ay nulle mesure
En l'amitié que je te jure,

> J'ay peine de me retenir
> En un service qui te plaise :
> Car c'est le comble de mon aize
> Que l'honneur de l'entretenir.

Pour compléter la liste des vers omis et des pièces entières de Théophile qui manquent à l'*édition Alleaume* (en dehors, bien entendu, des *Inédits* d'Esprit Aubert), il faut ajouter à ce *Supplément :*

Vers omis

Lettre de Théophile à son frère : Mon frère, mon dernier appuy (III° p.)
str. 32 : *Parjures infracteurs des lois* (voir p. 80)

La Maison de Sylvie. Ode I : Pour laisser avant que mourir (III° p.)
str. 3 : *Je ne consacre point mes vers* (voir p. 81)
str. 4 : *Tous ces Dieux de bronze et d'airain* (id., p. 91)

id.   Ode IX : Moy qui chante soir et matin
str. 2 : *Je vis un jour ensevelis* (voir p. 91)

Pièces entières

Philandre sur la maladie de Tyrcis : *Les Dieux qui frappent aujourd'huy* (de l'édit. Grenoble, 1628 ; Lyon, 1630, etc.) (voir p. 83)

Ode sur le combat naval de La Rochelle et desroute de l'armée de Soubise par M. de Montmorency : *Belle Nymphe des fleurs de lys* (id.) (voir p. 85)

NOTE COMPLÉMENTAIRE

Notre travail était terminé et en cours d'impression quand nous avons reçu de M. Edmond Maignien une curieuse plaquette intitulée : *Notes bibliographiques sur quelques éditions des œuvres de Théophile de Viau* (1). Nous sommes heureux de rectifier et de compléter nos indications grâce à M. Maignien :

1° Notre collation de l'édition des OEuvres de Théophile de Viau due à Esprit Aubert, 1633, est à compléter : Petit in-8, de 80. 302, 99 (lisez 107) p., 3 ff. n. chiff. dont 1 bl. ; à partir de la p. 55 de la III p., la pagination est défectueuse (2).

2° Esprit Aubert a publié en 1633, l'année même où il donnait les œuvres de Théophile, un volume intitulé : *L'introduction à la jurisprudence, tirée du droict écrit, et des ordonnances Royaux. Très utile à tous notaires, procureurs et autres frequentans le Barreau. En Avignon, chez J. Piot ; imprimeur du S. Office. demeurant en la rue de l'Epicerie. M.DC.XXXIII* (1633). In-8 de 4 ff. n. chiff.. 657 p., 3 ff. n. chiff. (tables et attestations). (Bibl. de Grenoble, 17697). Cet ouvrage est dédié à M. Georges de Brancas. duc de Villars, lieutenant de la province de Normandie, l'épître est suivie de deux sonnets au duc de Villars, sig. : de Perussiis (3).

Dans ce répertoire, divisé en II livres et 43 chapitres, on rencontre, intercalées au milieu de questions de droit, des citations poétiques en français et en latin parmi lesquelles deux pièces de vers qu'Aubert attribue à Théophile. Au chapitre XIV : *sur le mariage*, p. 117, Aubert cite 120 vers, « il ne sera, dit-il, mal à propos d'apporter icy l'invective de Théophile de Viau contre une dame qui espousoit son cousin germain ».

> Vous espousez doncq ce fantôme ?
> Fondée sur cet axiome
> Que l'amour est un Dieu puissant,
> Que le sang et le parentage
> N'altèrent point un mariage
> Lorsque l'un et l'autre y consent.... (4) »

(1) Grenoble. 1911. Tirage à part à 30 expl. d'un article publié dans la *Petite revue des bibliophiles dauphinois*, N° 13, juillet 1911.

(2) Bibliothèque de Grenoble, c'est le troisième exemplaire connu (il est incomplet des pp. 9-10) en y comprenant le nôtre. Le second, nous l'avons dit, est à la bibliothèque de Carpentras.

(3) C'est Claude de Pérussiis, voir p. 20.

(4) C'est la satyre III : L'antimariage d'un cousin et d'une cousine de Paris

Il donne encore 114 vers, suivant lui de notre poète, à l'article *Les causes du mariage*, chapitre XVI, p. 199-206. A ce propos il fait connaître la résolution d'une dame anglaise qu'un milord avait enlevée à son mari. « Le sieur Théophile de Viau l'a traduit ainsi en françois : le mary parle premierement audit Milord et puis à sa femme :

> Vous qui violentez nos volontez subjectes,
> Oyez ce que je dis, voyez ce que vous faictes,
> Plus vous la forcerez, plus elle aura de force,
> Plus vous l'amortierez, plus elle aura d'amorce,
> Plus elle endurera, plus elle durera.... (1) »

Une deuxième édition de l'ouvrage d'Esprit Aubert a été imprimée en 1642 : *En Avignon, chez Jean Piot, imprimeur du S. Office, à la place Saint-Didier.* In-8, 2 vol. (2).

3° Voici la description des deux éditions de Grenoble, 1628 et 1629 :

A) *Les œuvres du sieur Théophile. Edition dernière, corrigée et augmentée des pièces de l'Autheur qui n'ont encores esté imprimées* (marque de l'imprimeur). *A Grenoble, par Pierre Marniolles, Imprimeur du Roy et de la Cour de Parlement, près le grand Puits, à la Victoire. M.DC.XXVIII* (1628), 11 ff. n. chiff. et le portrait de Théophile, p. 3 à 280 chiff. — *Œuvres du sieur Théophile. Seconde partie* (la place réservée à la marque de l'imprimeur est restée en blanc). *A Grenoble, par Pierre Marniolles, Imprimeur ordinaire du Roy. M.DC.XXVII* (1627). *Avec Privilège de Sa Majesté.* 6 ff. n. chiff., titre et « Au lecteur », 14 p. — *Recueil de toutes les pièces faites par Théophile, depuis sa prise jusques à sa mort. Mises par ordre, comme vous verres à la Table*

de *l'Espadon satyrique du sieur de Franchère, Gentilhomme franc-comtois* (Claude Desternod). *Lyon, Jean Lautret, óu Rouen, Jacques Besongne, 1619,* mais complétement remaniée par Esprit Aubert; non seulement les vers obscènes ont été modifiés, mais cette poésie qui a 168 vers (28 str. de 6 v.) a été réduite à 120. Le chanoine d'Avignon a pris cette poésie comme la suivante dans le *Parnasse satyrique,* édition de 1625 ou 1627 où elle est anonyme, ce qui explique sa confusion ; elle avait paru également anonyme dans les *Délices satyriques, 1620.*

(1) Cette pièce est donnée à tort à Régnier dans les *Délices satyriques, 1620,* elle a été ensuite imprimée dans le *Parnasse satyrique, 1622,* toujours avec la sign. Regnier, mais elle serait de Marguerite de Valois, d'après L'Estoille (*Recueil bigarré du grave et du facétieux....*) ; en voici le titre : Stances amoureuses de la reine de Navarre sur ses amours avec Champvallon (1584). Enfin le *Jardin des Muses, 1643,* l'attribue à un sieur Jamin de Chastillon sur Seine (le frère d'Amadis Jamyn).

(2) Le T. II, première partie, renferme deux dédicaces par Esprit Aubert, la première à François Sforce, vice-légat d'Avignon ; elle est suivie d'une pièce de vers au même seigneur ; la seconde à Henri d'Escoubleau, archevêque de Bordeaux.

suivante (Fleuron) *M.DC.XXVIII*, 160 ρ. Dans cette partie, la pagination est placée au dessus du texte au milieu de la page (chiff. 3 à 160).

La marque de l'imprimeur qui se voit sur le titre est gravée sur cuivre,
c'est le seul ouvrage sorti des presses de P. Marniolles qui la renferme
(1). Le portrait de Théophile est également gravé sur cuivre par le gra-
veur dijonnais bien connu Pierre Palliot. Cette même planche gravée avec
l'adresse de Marniolles a orné l'édition des OEuvres de Théophile donnée
à Lyon, en 1630, par Jean Michon.

B) *OEuvres du sieur Théophile, nouvellement reveue et corrigée et
augmentée de plusieurs pièces de l'auteur, non cy devant imprimées.
Edition dernière divisée en quatre parties. A Grenoble chez Pierre
Marniolles, imprimeur et libraire ordinaire du Roy, rue Porte-Traine,
à la Victoire, 1629.* In-8 de 12 ff. n. chiff. et 280 p. chiff. ; *OEuvres du
sieur Theophile. Seconde partie. A Grenoble. par Pierre Marniolles,
imprimeur ordinaire du Roy, 1627, avec privilège de Sa Majesté,*
6 ff. n. chiff. et 148 p. chiff. — *Recueil de toutes les pièces faites par
Theophile, depuis sa prise jusqu'à sa mort, mises par ordre comme
vous verrez à la Table suivante. M.DC.XXVIII* (1628), 160 p. chiff.

M. Maignien cite ensuite un certain nombre d'éditions qui ne figurent
pas dans notre liste, pp. 8 et 9 :

1630   Lyon. Nicolas Gay. In-8.
1631   Rouen. Louis du Mesnil. In-8.
1636   Paris. Jouxte la copie imprimée à Rouen, chez Jean de la Mare.
       In-8.
id.   Rouen. Ph. Jouanne. In-8.
1638   Lyon. Chez Pierre Bailly. In-8.
id.   Rouen. Jacques Hollant. In-8.
1641   Lyon. Chez Jean Huguetan. In-8.
1651   Lyon. Louis Odin. In-8.
1653   Rouen. Cailloué. In-8.
1658   Lyon. Simon Matherel. In-8.
1666   Paris. Veuve Pepingué. In-8.
1668   Lyon. J.-B. de Ville. In-8.
id.   Lyon. Pierre Compagnon. In-8.
s. d. Lyon (?)

Ces quinze éditions (en y comprenant l'édition de Grenoble, 1629) sont
à ajouter aux soixante-treize éditions que nous avons relevées de Théophile, soit au moins 88 éditions au XVIIe siècle contre 16 ..... de Malherbe !

_____

(1) La brochure de M. Maignien a reproduit le titre de l'édition de 1628 avec
la marque de P. Marniolles ainsi que le portrait de Théophile.

Jean-Pierre Camus, évêque de Belley, et Théophile de Viau

Esprit Aubert, en plaçant en tête de son édition des *Œuvres de Théophile* la défense de son auteur favori présentée par Jean-Pierre Camus, ne pouvait choisir un meilleur avocat. Il aurait dû même se prévaloir des modifications profondes que le bon évêque avait apportées aux pièces de Théophile pour justifier son propre travail, sous la réserve capitale toutefois que le nom de leur auteur n'a jamais été imprimé par celui qui les utilisait dans le but d'édifier les âmes. Théophile, qui n'ignorait pas ces emprunts, non seulement a évité de s'en plaindre, mais, au contraire, s'en est ouvertement félicité. C'était un argument — et des meilleurs — à opposer à ses adversaires. Le moment venu, il s'en est habilement servi dans son *Theophilus in carcere*.

L'indulgence de Jean-Pierre Camus, nous dirons même sa faiblesse à l'égard de Théophile, tenait beaucoup à un cœur généreux, à une bienveillance naturelle et un peu au plaisir qu'il goûtait à lire les beaux vers du libertin. Incapable de mettre sur pied une douzaine d'alexandrins lui appartenant en propre et le proclamant hautement, l'évêque de Belley aimait d'autant plus la poésie qu'il la considérait comme un don du Ciel et une arme excellente pour frapper les esprits et les entraîner au bien. Quand il écrivait son *Alexis* (six tomes de plus de 500 p. chacun) la première partie des *Œuvres de Théophile* venait de paraître, elle le séduisit à ce point qu'il n'hésita pas à y prendre d'assez longues tirades que, le plus souvent, de lourdes retouches ont transformées complètement. Il était reconnaissant à l'ouvrier qui lui apportait les matériaux à pied d'œuvre et il le lui montrait en imprimant son « éloge », avant même que les ennemis de Théophile eussent passé de la parole aux actes.

Nous ne croyons pas que ce soit l'exemple de Jean-Pierre Camus qui ait incité Esprit Aubert à commencer son travail, il n'eut pas attendu dix ans pour le publier ; mais le jour où il s'y est décidé l'*Alexis* lui a été un encouragement et une espérance. Un encou-

9*

ragement parce qu'il avait été précédé dans la voie où il voulait entrer et une espérance parce que la droiture des intentions de l'évêque de Belley ne pouvait faire doute pour personne.

Nous avons vu qu'Esprit Aubert avait ajouté un mot à une phrase de J.-P. Camus qui en modifiait complètement le sens, nous la répétons : « Mais que dites-vous de ce Poète. Certes, respond Meli-
» ton, sans faire tort à ses ouvrages on ne peut nier que ce ne
» soit un des gentils *Esprits* de nostre temps, mais c'est un grand
» dommage de ce que l'on dit qu'il est de la Synagogue des Liber-
» tins et une pierre de scandale ». En ajoutant au mot *gentils* le mot *Esprits*, Théophile passait de la catégorie des demi-libertins dans celle des poètes sans épithète. Cette addition faite, Esprit Aubert a eu des scrupules, il a pratiqué deux coupures dans le texte de J.-P. Camus, la première est celle qui se place après :
« Mais si l'accuser suffit, où sera l'innocence et si la calomnie
» prévaut, où se mettra la vertu ? *Comme la Satyre mord le vice*
» *d'une façon poignante, se faut-il estonner si le vice en hait*
» *l'auteur ? vous diriez que les Satyriques sont en effect dedans*
» *le monde ce que l'on conte des Satyres en l'histoire ; gens*
» *sauvages, farouches, releguez dans les cavernes et dans les*
» *bois, evitez d'un chacun et spécialement des Nymphes de la*
» *Cour. Cestuy-cy pour en avoir fait de gentilles, et où quelques-*
» *uns se voyoient honteusement depeints de leurs vives couleurs*
» *sans les nommer toutesfois car il a trop d'esprit pour ne cacher*
» *dextrement le stilet dans le coton musqué, a esté dechiré par*
» *diverses langues, plus par le faux rapport de ceux qui le*
» *mescognoissoient que par un examen veritable de ses depor-*
» *temens. Le monde est si plein de ces pitauts d'Aristide qui*
» *condamnent les gens dont ils ignorent les conditions, que c'est*
» *une grande pitié* (1) ».

Il est certain que si Esprit Aubert avait entendu parler de la campagne ardente qui avait été menée contre Théophile par les Pères

---

(1) Cette partie en italique est celle qui a été omise par Esprit Aubert.

Voisin et Garassus, il a craint que les termes employés par l'évêque de Belley leur fassent grief, ce en quoi il se trompait ; les deux ennemis de Théophile étaient morts, l'un rejeté de son Ordre en 1626, et l'autre, à son poste, soignant les pestiférés à Poitiers en 1630 ; l'oubli avait passé sur leurs têtes. La seconde coupure est un peu plus loin et ne s'explique guère : « Après ceux qui l'ont voulu » diffamer jusques à ce degré d'impiété de meconnoistre Dieu sont » contraints de le nommer par un nom qui leur clost la bouche, » et qui le califie comme l'aymant. *Or qui ne sçait que l'Amour* » *est enfant non de la cognoissance seulement, mais de la mesco-* » *gnoissance : mais qui veut noyer son chien fidele se sert de ce* » *pretexte qu'il est enragé* (1) ».

Jean-Pierre Camus ne s'était pas contenté de dire son opinion sur le cas de Théophile, il avait cherché à prouver qu'elle était fondée, appuyée sur des bases solides. Immédiatement après son plaidoyer, il a reproduit en entier, mais avec quelques retouches nécessitées par son récit, retouches qui ne portent nullement sur le fond ni même sur la forme de la pensée du poëte, la pièce suivante précédée et suivie de quelques lignes de commentaires :

« Mais en l'honneur de ceste agréable solitude en laquelle nous nous » treuvons, vous plaist-il d'entendre un des sentiments du gentil esprit » dont je sçay les paroles. Alors la Compagnie le pria de réciter, ce qu'il » fit ainsi :

> Heureux tandis qu'il est vivant
> Celuy qui va tousjours suivant
> Le grand maistre de la nature
> Dont il se croist la creature,
> Il n'enviera jamais autruy
> Quand tous les plus heureux que luy
> Se mocqueroient de sa misere,
> Le rire est toute sa cholère.
> Celuy-là ne s'esveille point
> Aussitost que l'Aurore poind,
> Pour venir des soucis du monde
> Importuner la terre et l'onde,
> Il est tousjours plein de loisir,
> La Justice est tout son plaisir,
> Et permettant à son envie

(1) Ce texte en italique a été supprimé par Esprit Aubert.

Les douceurs d'une saincte vie,
Il borne son contentement
Par la raison tant seulement,
L'espoir du gain ne l'importune,
En son esprit est sa fortune,
L'esclat des cabinets dorez
Où les Princes sont adorez
Lui plaist moins que la face nuë
De la campagne ou de la nuë (1),
Il n'a jamais trop affecté
Ny les biens ny la pauvreté,
Il n'est ny serviteur ny maistre,
Il n'est rien que ce qu'il veut estre,
Jésus-Christ est sa seule loy
De l'offenser c'est son esmoy (2),
Tout son bien et toute sa gloire
C'est de l'avoir en sa memoire (3).

» Ces vers, dit Sylvan, ne me semblent pas simplement chrestiens,
» mais encore pleins de piété, et je vous prie seigneur Florimond que j'en
» aye une copie, car ils reviennent fort à mon goust, et je seray bien aise
» de les avoir et de les sçavoir. »

Que Jean-Pierre Camus était aveugle ou peu perspicace ? Qu'eût-il pensé et dit si, quelques mois plus tard, il avait lu le projet d'interrogatoire de Mathieu Molé incriminant dans les termes suivants les trois premiers vers :

Heureux tandis qu'il est vivant
Celuy qui va tousjours suivant
Le Grand Maistre de la Nature...

Luy avons remonstré qu'il résulte de la plus part de ses poésyes qu'il veult faire croyre qu'il ne fault recognoistre autre Dieu que la natture à laquelle il se fault abandonner entièrement et, oubliant le christianisme, la suivre en tout comme une beste (4).

(1) J.-P. Camus a passé les 4 vers :
La fatigue d'un artisan,
La sottise d'un courtisan,
La peine qu'un amant souspire,
Lui donne esgallement à rire.

(2) Voici le vers de Théophile :
Tels seront mes amis et moy.

(3) Ces deux derniers vers sont de J.-P. Camus.

(4) Interrogatoire — le premier — du 22 mars 1624 (*Le Procès de Théophile de Viau*, T. I, p. 375).

Il se fut indigné se portant garant de la réponse de Théophile :

A dit qu'il n'a jamais parlé qu'il faillût s'abandonner à la natture ny oublyer le crestianisme et vivre comme les bestes et a tousjours fait profession de chrestien (1).

Ajoutons qu'Aubert a partagé l'appréciation de J.-P. Camus, l'ode ci-dessus a été imprimée sans modifications dans son éd. de Théophile, il n'a même pas cru devoir s'assimiler les var. de l'*Alexis*.

*
* *

J.-P. Camus n'a jamais signé, nous l'avons dit, du nom de Théophile les emprunts qu'il faisait aux œuvres de ce dernier, et il a eu raison car le pauvre poète eut été dans l'impossibilité de les reconnaître pour siens. L'évêque de Belley appporte de tels changements au texte que les vers deviennent méconnaissables. Des exemples pris dans la Ire partie de l'*Alexis* (2) donnent une idée du procédé.

Voici ce que J.-P. Camus a fait des quatre strophes de l'ode : *Je n'ay repos ny nuict ny jour*, les 1re, 2e, 7e et 9e (3) :

> Il m'ennuye en chaque sejour
> Je deperis de jour en jour ;
> *Tout me* deplaist, et rien *ne m'ayde,*
> *Le mal m'oste* le sentiment,
> Je ne sçay user *de remede,*
> Car j'ay perdu le *jugement.*

---

(1) Interrogatoire — le premier — du 22 mars 1624 (*Le Procès de Théophile*).

(2) L'*Alexis*, I^e p., liv. II, p. 129. Nous avons mis en italique dans le texte de J.-P. Camus les mots qu'il a pris dans Théophile et dans le texte en note (celui de Théophile) les mots que J.-P. Camus a modifiés.

(3) *Les œuvres du sieur Theophile.* 1621. Stances :

> *Je n'ay repos ny nuict ny jour,*
> *Je brusle, je me meurs d'amour* ;
> Tout me *nuit, personne* ne m'ayde,
> Le mal m'oste le *jugement,*
> *Et plus je cherche* de remede,
> *Moins je trouve d'allegement.*
>
> *Je suis desespéré, j'enrage,*
> Qui *me veut* consoler m'outrage,
> *Si je pense à* ma guarison
> *Je tremble de ceste espérance,*
> *Je me fasche de ma* prison,
> *Et ne crains que ma* délivrance.

Je suis pressé de telle rage
Que *qui* me *console m'outrage*,
Je cognoy bien *ma guarison*,
Puis je n'y voy plus d'apparence,
Je voudrois sortir de *prison*,
Et puis je hay la *delivrance*.

Rien ne me tire du malheur (1),
Et tout augmente ma douleur,
Toute influence m'est *funeste*,
Que si je recours à l'*Autel*,
Pour moy le remede *celeste*
Est sans fruict comme *le mortel*.

Que feray-je, à ceste misere,
Je veux tout ce qui m'est *contraire*
Je *cherche* et je fuys mon tourment,
Je le *crains* et *je le demande*,
Voyant mon *mal* si vehement
Je le cheris et l'*apprehende*.

Voici encore un autre exemple, nous pourrions les multiplier (2) :

(1) *Les œuvres du sieur Théophile. Paris. Billaine (ou Quesnel), 1621,*
Stances, p. 24 de la partie Poésies :

> *Tout ne m'apporte que du mal,*
> *Mon propre démon m'est fatal,*
> *Tous les Astres me sont* funestes,
> *J'ai beau recourir aux* autels,
> *Je sens que pour moy* les célestes
> *Sont foibles comme* les mortels.
>
> *Las ! je ne sçay ce que je veux,*
> *Mon âme est* contraire à mes vœux,
> *Ce que je* crains je le demande,
> *Je* cherche *mon contentement,*
> *Et quand j'ay du* mal j'apprehende,
> *Qu'il ne finisse trop promptement.*

(2) L'*Alexis*, 1e p., liv. II, p. 157, et *Les Œuvres de Théophile,* 1621, Stances,
p. 99, de la partie Poésies :

> *Mon espérance* refleurit,
> *Mon mauvais destin pert* courage,
> *Aujourd'huy le Soleil* me rit,
> *Et le Ciel me fait bon* visage.
>
> *Mes maux ont achevé* leur *temps,*
> *Maintenant ma* douleur *se range,*
> *A la fin mes vœux sont contens,*
> *Amour à ramené mon Ange....*

Vostre allegresse *refleurit*,
Il faut reprendre le *courage*,
Il me semble que le Ciel *rit*
Quand je vous voy meilleur *visage*.

Vos desplaisirs ont fait leurs cours,
Vostre *douleur* s'en va passée,
Il ne faut plus tant de discours,
Vostre raison est ramassée.

Précisons qu'exceptionnellement J.-P. Camus s'en est tenu à peu près au texte de Théophile, ainsi il a reproduit intégralement sans en indiquer le sujet, bien entendu, la pièce : *A Mademoiselle de Rohan sur la mort de Madame la Duchesse de Nevers* (1) :

Je vous donne ces vers pour nourrir vos douleurs
Car puis que Polixene *est digne de vos pleurs,*
Je veux entretenir *un dueil si legitime,*
Pour elle vos regrets ont un si *juste cours,*
Qu'en les interdisant, je commettrois *un crime,*
Que *la mort* vient de faire en retranchant *ses jours* (2).
Je sçay bien que vostre âme assez robuste et saine,
Avecques son discours a combatu sa peine,
Et qu'elle a vainement cherché sa guérison,
L'essayer *après vous, on ne le peut sans blasme,*
Car je ne pense pas qu'on treuve en la raison
Ce que vous n'avez peu *treuver dedans vostre âme* (3),
Les plus cuisans malheurs treuvent allegement,
Alors (4) *que le devoir a rendu sagement*
Tout ce que l'amitié demande à la nature,
Mais lors que mon esprit songe à vous consoler,
Contre les sentimens d'une perte si dure,
Plus je suis préparé, moins j'ai de quoy parler.

(1) *L'Alexis*, IIᵉ p., L. V. et *Les Œuvres de Théophile*, 1621, p. 111 de la partie Poésies.

(2)   Je vous donne ces vers pour nourrir vos douleurs,
Puis que ceste Princesse est digne de vos pleurs,
Et ne veux point reprendre un dueil si legitime,
Pour elle vos regrets *prennent un* juste cours,
Et de les arrester, je croirois faire un crime,
Aussi bien que la mort *en arrestant* ses jours....

(3)   *Y tascher* après vous on ne le peut sans blasme,
Car je ne pense pas qu'on trouve en la raison
Ce que vous *ne pouvez* trouver dedans vostre âme.

(4) *Tandis.*

> *Tandis que la memoire à vos sens renouvelle*
> *L'éclat de la vertu qui reluisoit en elle,*
> *Vous nourrissez en vain quelque espoir de guerir,*
> *Et quand le souvenir d'une amitié si ferme,*
> *Pour guerir vostre ennui se laissera mourir,*
> *Croyes que vostre vie est proche de son terme.*
> *Aussi,* ceste chere âme (1) *estant loin de vos yeux,*
> *Le jour, de tous vos maux, est le plus odieux,*
> *La mort de vos langueurs est la moins inhumaine,*
> *Quelque part de la terre où vous faciez sejour,*
> *Il ne vous reste plus que des objets de hayne*
> *Après avoir perdu celui de vostre Amour.*

Suivent les deux strophes de 6 vers qui terminent la pièce et qu'Esprit Aubert a données textuellement.

Les vers de Théophile incorporés à la prose de J.-P. Camus ont-ils aidé à la diffusion de l'*Alexis* et moralisé les âmes? ont-ils eu la grâce efficace qu'en espérait l'évêque de Belley? A la distance de près de trois siècles où nous sommes de l'*Alexis*, il est difficile de répondre à cette question. Ce que nous pouvons affirmer c'est que la bibliographie du XVIIe siècle met en pleine lumière la prédominance de l'idée religieuse aussi bien dans les classes les plus instruites et les plus élevées de la société française que dans les plus modestes. Des avocats, des magistrats, des grands seigneurs traduisaient alors à l'envi les psaumes ou les livres sacrés, la même fièvre animait laïcs, séculiers et réguliers. Jamais, depuis l'invention de l'imprimerie, on n'avait vu une pareille floraison de poésie chrétienne et cependant cette floraison a passé inaperçue, on ne lui a accordé nulle attention alors qu'on a grossi outre mesure d'insignifiantes manifestations libertines sans aucune portée politique ni sociale (3).

---

(1) Ainsi *ceste Princesse.*

(2) En préparant une Bibliographie de 1585 à 1700, de La Croix du Maine et Du Verdier à Quérard, mais seulement pour les Belles-lettres, nous constatons la grande importance de la poésie religieuse qui, toute proportion gardée, dépasse de beaucoup celle de toutes les autres branches des Belles-lettres.

(3) Le livre si intéressant d'ailleurs de Perrens : *Les libertins en France au XVIIe siècle* en est un exemple. Les petites anecdotes qu'il renferme ne prouvent rien, elles montrent qu'il y a eu des incrédules et des frondeurs sous Louis XIII et Louis XIV et moins peut-être au XVIIe siècle qu'au XVIe.

TABLE DES PRINCIPAUX NOMS CITÉS [1]

Les chiffres marqués d'un astérique indiquent que le nom est répété une ou plusieurs fois dans la même page.

[1] Les noms propres commençant par Du, L', La ou Le sont classés à ces lettres.

TABLE DES MATIÈRES

Passages non corrigés par Esprit Aubert qui avaient été incriminés soit par les commissaires du Parlement, soit dans le projet d'interrogatoire de Mathieu Molé (partie non autographe) :

2° Pièces qui sont peut-être de Théophile

3° Pièces attribuées par Esprit Aubert à Théophile mais qui sont signées d'autres auteurs et pièces anonymes que nous ne croyons pas de Théophile

A) *Pièces d'autres auteurs*

B) *Pièces anonymes*

4° Pièces pieuses prêtées à Théophile par Esprit Aubert

Supplément

Pièces de Théophile qui ne sont ni dans
l'édition d'Esprit Aubert (1633) ni dans celle d'Alleaume (1855)

Second livre des Délices de la poésie françoise, 1620

Délices satyriques, 1620

Nouveau recueil de diverses poésies du sieur Théophile, 1622

Jardin des Muses, 1643

Trésor chronologique du Père Guillebaud, 1643-1647

Tiré à 205 exemplaires

dont 5 sur papier vergé d'Arches

Arras. — Imp. Schoutheer Frères, rue des Trois-Visages, 59

www.ingramcontent.com/pod-product-compliance
Lightning Source LLC
Chambersburg PA
CBHW071231260626
47162CB00004B/1511